少年の少し長い白い髪、
人をちょっとからかうような笑顔、
そして長いマフラー。
似ている。
いや似ているっていうか、これ……。
異世界はスマートフォンとともに。22

華麗なる仮面舞踏会
――開幕！

「どう？　どう？　お母様？」

「すごいわね。私がポーラをここまでにするのに
二百年はかかってるのに。

ゴレムとはいえ、見事な動きだと思うわ」

「……ふふっ」

リーンに褒められると、クーンが年相応な笑顔で微笑んだ。

リーンも、ふっ、と微笑み、クーンの頭を撫でる。

やっぱり姉妹にしか見えないが、その姿はとても微笑ましい。

異世界はスマートフォンとともに。22

冬原パトラ
illustration■兎塚エイジ

キャラクター紹介

望月《もちづき》冬夜《とうや》

神様のミスで異世界へ行くことになった高校一年生（登場時）。基本的にはあまり騒がず、流れに身を任すタイプ。無意識に空気を読まず、さらりとひどい事をする。無尽蔵の魔力、全属性持ち、無属性魔法を使い放題と、神様効果でいろいろ規格外。ブリュンヒルド公国国王。

ユミナ・エルネア・ベルファスト

ベルファスト王国王女。12歳（登場時）。右が碧、左が翠のオッドアイ。人の本質を見抜く魔眼持ち。風、土、闇の三属性を持つ。弓矢が得意。冬夜に一目惚れし、強引に押しかけてきた。冬夜のお嫁さん。

エルゼ・シルエスカ

冬夜が助けた双子姉妹の姉。両手にガントレットを装備し、拳で戦う武闘士。ストレートな性格でサバサバしている。身体強化の無属性魔法【ブースト】が使える。辛いもの好き。冬夜のお嫁さん。

リンゼ・シルエスカ

双子姉妹の妹。火、水、光の三属性持ちの魔法使い。光属性はあまり得意ではない。どちらかというと人見知りで、おしゃべりが苦手。しかし時には大胆。甘いもの好き。冬夜のお嫁さん。

九重《ここのえ》八重《やえ》

日本に似た遠い東の国、イーシェンから来た侍娘。ござる言葉を使い、人一倍よく食べる。真面目な性格なのだが、どこかズレているところも。実家は剣術道場で流派は九重真鳴流《ここのえしんめいりゅう》という。隠れ巨乳。冬夜のお嫁さん。

ルーシア・レア・レグルス

愛称はルー。レグルス帝国第三皇女。ユミナと同じ年齢。帝国反乱事件の時に冬夜に助けられて一目惚れする。双剣の使い手。ユミナと仲が良い。料理の才能がある。冬夜のお嫁さん。

スゥシィ・エルネア・オルトリンデ

愛称はスゥ。10歳（登場時）。刺客に襲われているところを冬夜たちに助けられる。ベルファスト国王の姪。ユミナの従姉妹《いとこ》。天真爛漫で好奇心が旺盛。冬夜のお嫁さん。

ヒルデガルド・ミナス・レスティア

愛称はヒルダ。レスティア騎士王国の第一王女。剣技に長け、「姫騎士」と呼ばれる。フレイズに襲われていたところを冬夜に助けられ、一目惚れする。テンパるとかなりどもるくせがある。八重と仲が良い。冬夜のお嫁さん。

リーン

元・妖精族の長。現在はブリュンヒルドの宮廷魔術師（暫定）。見た目は幼いが長い年月を生きている。自称612歳。魔法の天才。人をからかうのが好き。闇属性魔法以外の六属性持ち。冬夜のお嫁さん。

桜《さくら》

冬夜がイーシェンで拾った少女。記憶を失っていたが取り戻した。本名はファルネーゼ・フォルネウス。魔王国ゼノアスの魔王の娘。頭に自由に出せる角が生えている。あまり感情を出さないが、歌が上手く、音楽が大好き。冬夜のお嫁さん。

ポーラ

リーンが【プログラム】で作り上げた、生きているかのように動くクマのぬいぐるみ。２００年もの間改良を重ね、動き続けている。その動きはかなりの演技派俳優並。ポーラ……恐ろしい子！

冬夜の召喚獣・その一。白帝と呼ばれる西方と大道の守護者にして獣の王。神獣。普段は虎の子供のサイズで目立たないようにしている。

冬夜の召喚獣・その二。二匹でワンセット。玄帝と呼ばれる神獣。鱗の王。水を操ることができる。珊瑚が亀、黒曜が蛇。

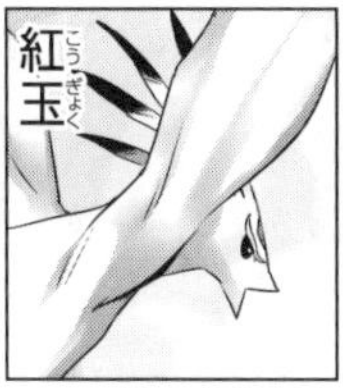

冬夜の召喚獣・その三。炎帝と呼ばれる神獣。鳥の王。落ち着いた性格だが、その外見は派手。炎を操る。

冬夜の召喚獣・その四。蒼帝と呼ばれる神獣。青き竜の王。皮肉屋で琥珀と仲が悪い。全ての竜を従える。

正体は恋愛神。冬夜の姉を名乗る。天界から逃げた従属神を捕獲するという大義名分の名のもとに、ブリュンヒルドに居座った。語尾に「〜なのよ」とつく。けっこうぐうたら。

正体は剣神。冬夜の二番目の姉を名乗る。ブリュンヒルド騎士団の剣術顧問に就任。凛々しい性格だが少々天然。剣を持たせたら敵うもの無し。

バビロンの遺産、『庭園』の管理人。愛称はシェスカ。メイド服を着用。機体ナンバー23。口を開けばエロジョーク。

バビロンの遺産、『工房』の管理人。愛称はロゼッタ。作業着を着用。機体ナンバー27。バビロン開発請負人。

バビロンの遺産、『錬金棟』の管理人。愛称はフローラ。ナース服を着用。機体ナンバー21。爆乳ナース。

バビロンの遺産、『格納庫』の管理人。愛称はモニカ。迷彩服を着用。機体ナンバー28。口の悪いちびっ子。

バビロンの遺産、『城壁』の管理人。愛称はリオラ。ブレザーを着用。機体ナンバー20。バビロンナンバーズで一番年上。バビロン博士の夜の相手も務めていた。男性は未経験。

バビロンの遺産、『塔』の管理人。愛称はノエル。ジャージを着用。機体ナンバー25。とにかく寝てる。食べては寝る。基本的にものぐさで面倒くさがり。

バビロンの遺産、『図書館』の管理人。愛称はファム。セーラー服を着用。機体ナンバー24。活字中毒者。読書の邪魔をされるのを嫌う。

バビロンの遺産、『蔵』の管理人。愛称はパルシェ。巫女装束を着用。機体ナンバー26。ドジっ娘。しかもその自覚がない。うっかり系のミスが多い。よく転ぶ。

バビロンの遺産、『研究所』の管理人。愛称はティカ。白衣を着用。機体ナンバー22。バビロン博士及び、ナンバーズのメンテナンスを担当。激しく幼女趣味。

古代の天才博士にして変態。空中要塞『バビロン』や様々なアーティファクトを生み出した。全属性持ち。機体ナンバー29の身体に脳移植をして、五千年の時を経て甦った。

異世界はスマートフォンとともに。

世界地図

パレリウス王国
王都パルス
パルーフ王国
王都ゼノスカル
魔王国ゼノアス
王都スラーニエン
エルフラウ王国
リーニエ王国
王都ニムエ
王都ハノークス
ハノック王国
ノキア王国
ユーロン地方
皇都ベルン
フリース皇国
レグルス帝国
帝都ガラリア
神国イーシェン
ベルファスト王国
ブリュンヒルド公国
王都アレフィス
ロードメア連邦
王都ファルマ
ホルン王国
リフレットの町
聖都イスラ
ラミッシュ教国
首都パネラメア
フェルゼン王国
ミスミド王国
王都ベルジュ
王都アトライル
ライル王国
王都レスティン
大樹海
騎士王国レスティア
ドラゴネス島
サンドラ王国
王都キュレイ
レトラバンバ
イグレット王国
新世界

前巻までのあらすじ。

神様特製のスマートフォンを持ち、異世界へとやってきた少年・望月冬夜。二つの世界を巻き込み、繰り広げられた邪神との戦いは終りを告げた。彼はその功績を世界神に認められ、一つとなった両世界の管理者として生きることになった。一見平和が訪れた世界。だが、騒動の種は尽きることなく、世界の管理者となった彼をさらに巻き込んでいく……。

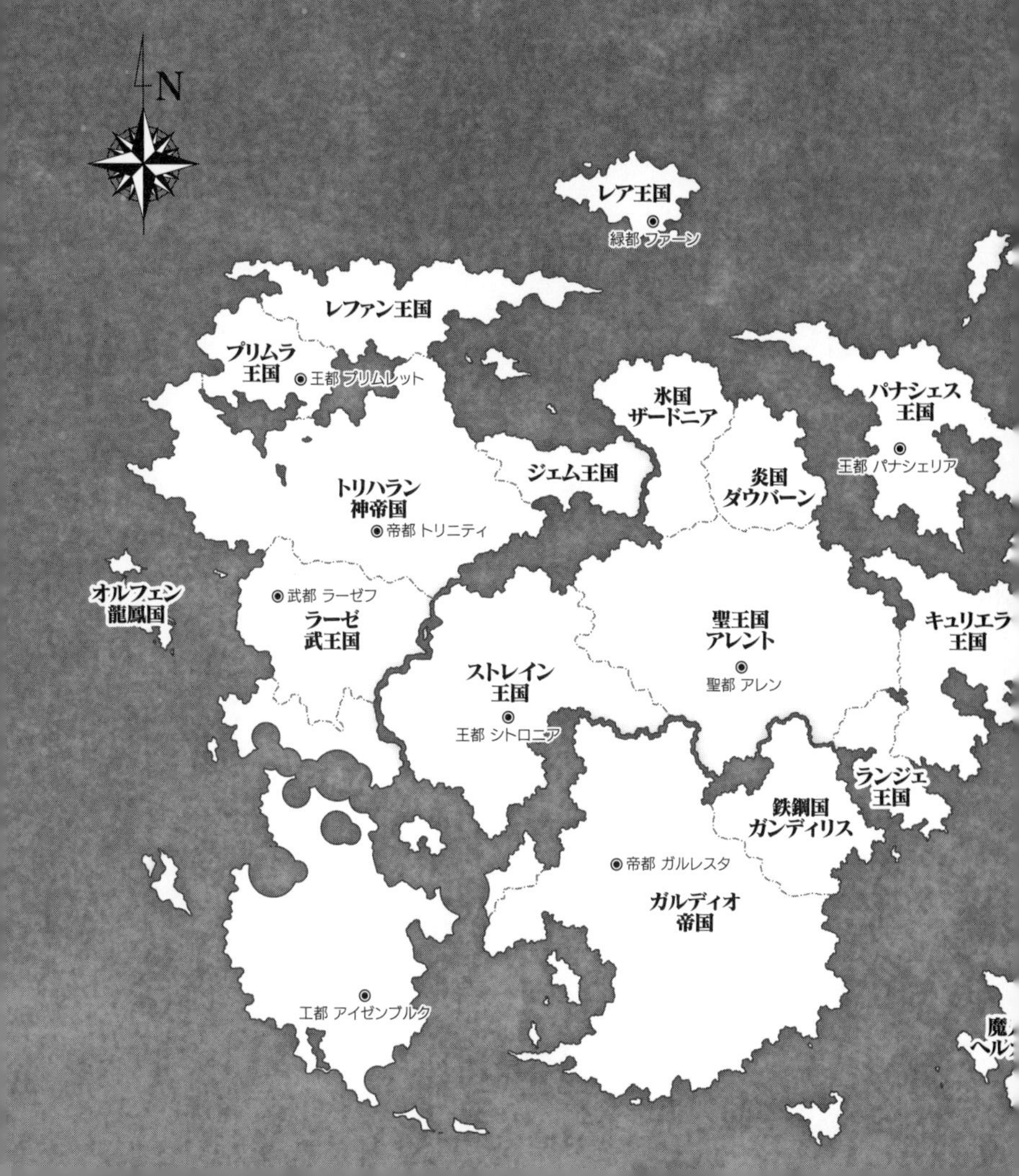

口絵・本文イラスト　兎塚エイジ
メカデザイン・イラスト　小笠原智史

第一章　お見合いパーティ

「で、改まって話ってなんだ？」

「うん、いやまあ。とりあえず、おかえり。まあ飲んで飲んで」

「……なんか変な物でも食べたか？」

いつもと違《ちが》い、神妙《しんみょう》なエンデに警戒《けいかい》する。

冒険者《ぼうけんしゃ》ギルド横の酒場で僕《ぼく》らは久しぶりに顔を合わせていた。

新婚《しんこん》旅行から帰ってきてここ数日、溜《た》まっていた仕事やら何やらでいろいろと忙《いそが》しかった。やっとまとまった時間ができたと思ったらこいつからの呼び出しである。新婚なのに気を使え。

まあ男同士の付き合いも大事かと、一応やってはきたが、久しぶりに会ったエンデはなんか挙動不審《きょどうふしん》で、僕の面倒事《めんどうごと》センサーがビンビンと反応している。

「結婚《けっこん》してどうだい？　うまくやってるかい？」

「……本当になんか悪い物でも食べたか？」

こいつが他人の家庭を気にするなんておかしい。ちょっと心配になってきた。武流叔父《たけるおじ》に殴《なぐ》られ過ぎておかしくなったか？

僕がよほど変な顔をしていたのか、エンデがむむう、と唸《うな》りながら話を始めた。

「結婚ってさ、他《ほか》の世界でもいろいろな形があってね。人生のパートナーを決める儀式《ぎしき》だったり、単に子供を得るための契約《けいやく》だったり、宗教での決まりだったり、いろんなパターンがあるんだけれど」

「はあ……？」

「僕ら『渡《わた》る者』は、その種族特性から基本的に結婚というものを選ぶ者は少ない。同種族でもなければ、それは旅の『終わり』を意味しているからなんだ。一つの世界に縛《しば》られ、渡らなくなった者はもはや『渡る者』ではないからね。まあ、僕らは長命種だから相手が短命種だったりすると、パートナーを見送った後に再び『渡る』者もいるんだけれど、」

「？　結局なにが言いたいんだ？」

回りくどい。要点を話せっての。

エンデは、あー……、と僕から視線を外し、目の前に置かれていた氷の入った酒を一気に飲み干した。

「ボクモケッコンスルコトニナリマシタ」

「へぇー………。……ッ⁉　はあァッ⁉」

エンデの言葉に僕は持っていたグラスを落としそうになった。結婚⁉　エンデが⁉　そういやこいつ、僕らの結婚式《けっこんしき》でブーケトスの時、真っ先にゲットしてたな……。まさか花《か》恋《れん》姉さんの力か？

「ちょ、ちょ、ちょい待ち。相手はもちろんメル……だよな？」

「当たり前だろ。僕は冬夜《とうや》みたいにあっちにもこっちにもと手を出したりはしてないよ」

おっとディスられましたよ、こんちくしょう。

というか、こいつが結婚？　まったく想像がつかない。しかしなんだってまた……。

「メルがね、君たちの結婚式を見て興味を持ったみたいなんだ。フレイズの文化には結婚というものがないからさ……」

「ちょい待ち、そういやフレイズってどうやってその……繁殖《はんしょく》とかするんだ？」

支配種には一応、男型と女型があった。あれに意味がないとは思えないんだが。

「上級、中級、下級種はできないけど、支配種は普通《ふつう》に男女で子供を作ることもできるよ」

「作ることもできる？」

「フレイズは単体でも子供を産み出すことができるからね。まあ、子供といっても人間の子供のような小さな姿をしているわけじゃないんだけど」

詳《くわ》しく聞くと、まず全《すべ》てのフレイズは核《かく》の状態で生まれてくる。それが結晶《けっしょう》進化を繰《く》り返《かえ》し、一つの生命体として成長するのだそうだ。故《ゆえ》に、自我《じが》が目覚めた時にはすでに一個体としての成長を終えていて、小さな子供時代というものはないらしい。

成長したフレイズはその生命力を全て注ぐことにより、新たな核を生み出すことができる。この生命力が多ければ多いほど生み出す核が多いとか。つまり親が若くしてその命を代償《だいしょう》にすれば、それだけたくさんのフレイズが生まれる……ということなのか？

「支配種は少し違って、全生命力を注がなくても一人で次代の核を生み出せる。だけどそれは言ってみれば親の劣化《れっか》した複製でね。支配種たちはあまり好まない」

「ってことはその、やっぱり二人で子供を作るんだよな？　えっと、その？　……作り方は人間と同じなのか？」

僕はなんと言ったらいいのか言葉を選んでエンデに質問する。いやだって、興味あるじゃん……。

「ま、ほぼ同じかな。親になる二人が生み出した核を融合《ゆうごう》させるんだよ。人間の場合もそうだろう？」

融合……いやまあ、外れちゃいない……のか？　人間も両親の遺伝子を受《う》け継《つ》いで生まれてくるわけだし。

「フレイズには結婚という概念《がいねん》はない。子供を作ろうと思ったら、気に入った相手の核を貰《もら》うだけで、一緒《いっしょ》に住んだり、ずっと寄《よ》り添《そ》ったりなどはしない。たまにそういう個体もいるけれど、本当に稀《まれ》なんだ。大抵《たいてい》は自分の片親だけで、もう片方の親を知らないなんてのはザラさ。だから兄弟姉妹というのはいても、ほとんどが人間でいう異父、異母兄弟なんだよ」

なんとまあドライな……。確かにそんな生態であるならば、結婚という行為《こうい》に興味を持ってもおかしくはないか。食事とかにもメルたちは強い興味を持っていたしな。

「結婚するということの意味はわかってるんだよな？」

「一応説明はしたよ。お互《たが》いに好意を持つ者同士が一緒に子供を育て、互いに支え合い、共に暮らしていくこと、ってね」

まあ、細かいことを言えばそれだけではないのだが、だいたい合ってる……か？　あくまでもひとつの結婚観《けっこんかん》、だけども。政略結婚とかもあるしな。

「というか、メルとお前の間に子供ってできんの……？」

「メルはもともと僕と同じ世界で暮らすために世界を渡り、進化を続けてきたんだ。もうその身体《からだ》はフレイズであってフレイズではない。僕に近しい新たな種として進化し、存在している。そこらへんは問題ないよ。ただね……」

エンデがどんよりとした目で宙を眺《なが》める。なんだよ、なにがあったんだよ。聞くのが怖《こわ》いわ。

「メルだけじゃなくてさ……。ネイとリセも結婚するって言い出して……」

「はあぁぁぁぁ!?」

なんだそりゃ！　おいお前、さっき僕をディスったよな!?　お前も同類だろうが！　このハーレム野郎《やろう》！

僕が噛《か》み付《つ》くと、エンデが苦虫を噛み潰《つぶ》したような顔で、違う違う、と手を振《ふ》ってきた。

「僕と、じゃない。メルと、なんだよ。二人ともメルと結婚したがってるんだ」

「………ホワッツ？」

思わず変な言葉が出た。……どゆこと？

「結婚に興味を持ったのはメルだけじゃなかったってことだよ。そしてあの二人が結婚したいと思っているのは僕じゃなくてメルなんだ」

えっと、あれ？　エンデハーレムかと思ったけど、メルハーレムなの？　メルさんモテモテですやん……。

「え、でも二人とも女性体だよな……？」

「それが？　女性体同士でもフレイズの支配種たちは子供を作れるよ。ま、性別が必ず親と同じになるし、親の特性が受け継がれにくくなるんであまりしないけど、進化したメルなら関係ない」

そーなんスか……。なら問題はないのか……？　いや、別に同性でも愛し合っているのなら結婚してもかまわないと思うけど。実際にこっちの世界にもそういう人たちはいるし。

こちらの世界では一夫多妻制が認められている。と同時に、配偶者《はいぐうしゃ》を養っていけるだけの財力があれば、一応一妻多夫制も認められているのだ。どこぞの国の女公爵《こうしゃく》は三人の夫を持っているとか聞く。

あいにくと男性女性、どちらとも結婚した例というのは僕はまだ聞いたことがないが、探せばいるんじゃないかな？

「メルはなんて？」

「僕が嫌《いや》じゃなければ、二人とも結婚して四人でずっと仲良く暮らしたいってさ。でもどうしても嫌なら諦《あきら》めるって」

メルは受け入れる気があるのか……。このパターンはどうなんだ？　少なくともメルは幸せになれると思うけど。彼女《かのじょ》の場合、結婚とは『家族になる』という括《くく》りでしかないのかもしれない。

間違《まちが》いなく彼女の愛情はエンデへと向けられているとは思うが……。別に今の状態を続けるだけならば、結婚などしなくてもいいような気もするな。

「エンデはあの二人と家族になるのは嫌なのか？」

「うーん……嫌ではないよ。リセとはずっといろんな世界を旅してきたし、ネイとも一緒に暮らしているうちに馴染《なじ》んできたしね。まあ、未《いま》だにメルに対してのヤキモチがキツいけど……」

エンデが苦笑《くしょう》気味に答える。だろうなあ。

ネイが結婚すると言い出したのはおそらくエンデへの対抗心《たいこうしん》からじゃないかな。リセはそれに乗っかっただけと見た。

「ってことは、お前も二人を受け入れる気はあるってことだよな？」

「うん。どうなるか心配だけど、幸いいい見本が近くにいるしね。冬夜、ちゃんとエルゼをかまってあげなよ？　あの子は自分からそういうことを言い出したりしないだろうけど、態度に出るからすぐわかるだろ？」

ちょい待て、なんで僕が説教されてんの⁉　お前はエルゼのお兄ちゃんか！　あ、いや確かに兄弟子《あにでし》だけどさ！

「結婚前はいろいろとね。君に対する不満のサンドバッグにさせられたもんだよ。なんで冬夜の代わりに僕が殴られなきゃならなかったんだろう？」

「ソレハタイヘンモウシワケナク」

まさかそんなストレス解消をされてたとは。確かにエルゼは顔に出やすいタイプなんで、そういう時はうまくフォローしてたつもりだったんだが、不十分だったらしい。

そうか、立場としてはエンデはエルゼと同じような位置になるのか。僕やメルを中心とした家族の一人として。

「で、なんだけど。結婚するにあたって、君の時と同じような式をしたいと言われてさ。具体的に言うと、同じような料理を出して欲《ほ》しいと」

「あー……」

なるほど、そういうことか。

『食』という文化を学習したメルたちは、食べるということに大きな喜びを見出《みいだ》している。結婚式において、彼女たちがそこにこだわるのは当然か。

彼女たち三人はとにかくよく食べる。はっきりいって八重《やえ》よりも食べる。それが三人いるのだ。エンデの金銭的負担はかなりのものだと思われる。

メルたちもいろいろとバイト的なことをして手伝ってはいるようだが、エンデは一応銀ランクの冒険者だ。稼《かせ》ぎはエンデの方がいいだろうな。

「まあ、料理を手配するのはかまわないけど、式では新郎《しんろう》新婦は普通食べないと思うんだが……。なんか料理を食べることがメインになってないか？」

「うん……。正直、披露宴《ひろうえん》の料理が食べたいがために結婚を言い出したんじゃないかと、僕もちょっと疑ってる……」

「違います。きちんと考えた末での結論です。二人に対して失礼ですよ、エンデミュオン。もちろん私にも」

突然《とつぜん》の声に振り向《む》くと、僕らの背後には腰《こし》に手を当てて不満そうにムッとしているメルが立っていた。いつの間に……。

相変わらず美しいアイスブルーの髪《かみ》と同じ色をした二つの瞳《ひとみ》が、今は不機嫌《ふきげん》な光をたたえてエンデを見据《みす》えている。

「め、メル⁉　なんでここに⁉」

「迎《むか》えに来ました。お話は終わりましたか？」

「えっと、まあ。あ、式の料理は冬夜が手配してくれるって」

しどろもどろにエンデが答えると、メルは先ほどの表情から一転、花がほころぶような笑顔《えがお》を浮《う》かべる。

「よかった！　ありがとうございます、冬夜さん！　あ、肉料理とデザートの方は少し多めにお願い致《いた》しますね」

「あ、はい。言っときます……」

絶対に『少し』では足りないな、と確信する。僕らの時と比べて招待客は少ないだろうが、この新婦たち（？）が食べるとなるとかなり多めに用意した方がいい。ルーにウェディングドレスを汚《よご》さない系の料理を考えてもらった方がいいかもな……。

「じゃあ私たちはこれで。式の招待状は後日送りますので。行きましょう、エンデミュオン」

「あ、うん。ごめん、冬夜。慌《あわ》ただしくて。また今度誘《さそ》うよ」

「あ、ああ。わかった」

引っ張られるようにエンデはメルに連行……もとい、メルと連れ立って酒場を出ていった。エンデの残した酒と料理を前にして、ため息をひとつつく。

エンデが結婚ねぇ……。これは予想外だったな。

まさか本当に花恋姉さんが恋愛神《れんあいしん》の力を使ったんじゃないだろうな？

えーっと、僕らの結婚式でブーケを取った知り合いって、エンデとパルーフの少年王、騎士団《うち》のランツにベルファスト騎士団《きしだん》に入ったウィル、あとカボチャパンツ王子のロベールとかか？

ほとんど両思いの相手に渡るように力を使ったのは知ってるけど。少年王とロベールはすでに婚約《こんやく》しているし、なるようにしてなっただけなんだろうか。

「あれ？　冬夜じゃねえか。一人で飲んでんのか？　寂《さび》しいヤツだなあ」

「あのな……」

背中に飛んできた聞き覚えのある声に振り向くと、案の定、赤髪ツインテールの少女と、それに付き従う赤い小さなゴレムが立っていた。

義賊団《ぎぞくだん》（休業中）『紅猫《あかねこ》』の首領・ニアとそのゴレム、赤の『王冠《おうかん》』・ルージュである。

その後ろには副首領のエストさんを始め、側近のユニとユーリ、『紅猫』のおっさんらがぞろぞろと酒場に入ってくるところだった。全員、服があちこち汚れているし、いたるところに擦《す》り傷《きず》などを作ってはいるが、表情は晴れやかであった。

「マスター！　人数分の上級酒と竜肉《りゅうにく》料理を出してくれ！　今夜は宴会《えんかい》だ！」

「なんだなんだ、ずいぶんと羽振《はぶ》りがいいな。なんか臨時収入でもあったのか？」

ドラゴンの肉はその希少さからかなりの高額で取引されている。当然、それを扱《あつか》った料理も高い。しかしこの酒場は隣《となり》にある冒険者ギルドの直営店なので、他の店で食べるよりははるかに安く食べられるのだ。僕もいくらか卸《おろ》しているしな。

だけど、安いといってもやはりそれなりの金額はする。それを人数分とはえらく豪勢《ごうせい》だな。

「ダンジョン島でお宝を見つけたんスよ。まだ手付かずの宝箱が二つ。中には大小様々な魔石《ませき》と宝石が入ってたんス。大儲けっスよ！」

ポニテ娘《むすめ》のユニがホクホク顔で教えてくれた。そりゃすごいな。

ダンジョン島にあるお宝は、あそこを作った魔法使《まほうつか》いの遺産ってのがほとんどだが、それを目当てでダンジョンに入り込み、返り討《う》ちにあって死んだ冒険者たちの所持品って場合もある。

ダンジョンの魔物《まもの》たちが殺した冒険者の所持品を持ち帰り、宝箱にしまっておいたりするのだ。魔物によっては几帳面《きちようめん》にキラキラするものとしないものに分けたり、武器や防具で分けたりもする。

なので時々、古代の魔剣《まけん》やエンチャントされたアイテムなど、思いがけないものが見つかったりもするのだが、魔石や宝石ってのは大当たりだな。

「すっかり冒険者稼業《ぼうけんしやかぎよう》が板に付いてきたみたいだな」

「馬鹿《ばか》言え。あたしたちの本業は義賊団だ。これはあくまで出稼《でかせ》ぎだっての。どこかで悪徳商人や悪代官、腐《くさ》った貴族の話を聞きつけたら、そいつらから根こそぎ奪《うば》ってやるよ」

そう言ってニアがカラカラと笑う。ううん、一国の王としてどう反応してよいやら。

ブリュンヒルドでは義賊団の仕事はしないと約束してもらったけど、他の国でそんな奴《やつ》らがのさばっているのを聞いたらすぐに飛び出していきそうだ。

と、視界の隅《すみ》に酒場に入ってきた新たな人影《ひとかげ》を捉《とら》える。

「あれあれっ？　ニアちんたちがいるよ。あ、とーやんもいる。なになに、パーティーなの？」

『ギ』

酒場の入口から入ってきたのは、眼鏡をかけて紫《むらさき》の和風フリルドレスを纏《まと》った少女。その傍《かたわ》らに立つのはルージュと似た姿を持つ、紫の小さなゴレム。

かつて『狂乱《きょうらん》の淑女《しゅくじょ》』と呼ばれたルナ・トリエステと紫の『王冠』、ファナティック・ヴィオラだ。

「ち、紫かよ。なにしに来やがった。帰れ帰れ、しっしっ」

「ひどっ。今日は遅《おそ》くなっちゃったから、ご飯食べに来たんだよ。ここのは安くてお酒も美味《おい》しいから」

ルナを見て顔をしかめたニアが犬を追《お》っ払《ぱら》うように手を払う。それに対し、ルナは気にも留めずにエンデの座《すわ》っていた僕の向かいの席に腰を下ろした。ヴィオラもその隣の席に座る。……おい、なんで僕のところへ来る？

「なんでこいつが野放しにされてんのかわかんねー。おい冬夜、今からでも遅くないからこいつ地下牢《ちかろう》にぶち込めよ」

「ルナはちゃんと罰《ばつ》を受けたもん。罰っていうかご褒美《ほうび》みたいなもんだったけど。うぇへへへ」

「気持ち悪っ」

なにかを思い出したように愉悦《ゆえつ》の笑《え》みを浮かべるルナに対し、ニアが本気でドン引きしている。その気持ち、わかるぞ。

「ルナは子供たちを笑顔にして、心から感謝されるのが生きがいになったの。もうそれ無しじゃ生きていけない。おかげで週に一度の休日が辛《つら》くて辛くて……」

「嘘《うそ》くせー……」

キラキラとした目で語るルナに心底胡散臭《うさんくさ》そうな目を向けるニア。いや、これは本音で言ってるぞ。たぶん。

相手に感謝されることによって、とてつもない快感を得られるように僕が『呪《のろ》い』をかけたからな。人を殺すようなことも封《ふう》じているからできないし、無害……とは言い切れないけど、まだマシな状態だ。ヴィオラも『王冠』の能力《ちから》を失ったしな。

「とーやん、一人で飲んでるの？　あれあれっ、お城《うち》追い出された？　離婚《りこん》秒読みかなっ？」

「違うわい！」

こちとら新婚だぞ。縁起《えんぎ》でもないこと言うなや！

「ははあ、なんか嫁《よめ》さんらを怒《おこ》らせるようなことしたんだろ？　メイドの着替《きが》えを覗《のぞ》いたとか。こいつ、前にさあ……」

「おい待て！　それは言わない約束だろ！」

調子に乗ったニアが話し出そうとするのを慌てて止める。確かに一度、お前の着替え中に【テレポート】で飛び込んだけれども！

周りの荒《あら》くれた『紅猫《あかねこ》』のおっさんらにそれがバレたら、間違いなく『うちの首領《ボス》になにしてやがる！』って飛びかかってくるに違いない。

くそう！　これ以上こんなところにいられるか！　僕は帰るぞ！

酒場のマスターにお勘定《かんじょう》をしてもらう。

あれ、高っ……？　あ、エンデ！　あいつ、支払《しはら》いしないで帰りやがったな！　くっ、やられた。なんて日だ、まったく。

◇　◇　◇

そんなエンデの結婚宣言から数日。僕はとある人物に呼び出された。誰《だれ》かって？

「――あなたたちを呼んだのは他でもないわ。このままでは私たちは破滅《はめつ》に向かうことになるからよ」

物騒《ぶっそう》な前置きで語り始めたのはリーフリース皇国の第一皇女リリエル・リーム・リーフリース。

内密に話をしたいと、スマホではなく『ゲートミラー』で届いた手紙により、僕らはリーフリース皇宮《こうぐう》へと来ていた。

僕の他に両脇《りょうわき》にはユミナとリンゼがいる。この二人はリリエル皇女と仲がいい。彼女たちも僕と一緒に呼び出されたのだ。

「いったいなにがあったんですか、リリ姉様。ずいぶんと顔色が悪いようですけど」

ベルファストとリーフリースは古くからの友好国である。そのため、子供の頃《ころ》から付き合いのあるユミナはリリエル皇女を姉のように慕《した》っていた。

確かにユミナの言う通り、リリエル皇女の顔は真っ青になっていた。大丈夫《だいじょうぶ》かいな。

【リカバリー】か【リフレッシュ】かけるか？

「とられたのよ……」

「とられた？　なにをです？」

「スマホをよ！」

えっ⁉　スマホを盗《ぬす》まれたのか⁉

僕のをオリジナルとして博士が作り上げた量産型スマホは、各国の代表、及《およ》び重臣、僕の友人知人に渡してある。目の前にいるリリエル皇女にも渡してあった。それが盗まれた？　スマホは魔道具《アーティファクト》としてもかなり価値のあるものだ。狙《ねら》われてもおかしくはない。スマホで連絡《れんらく》してこなかったのはそれでか。

「だ、大丈夫ですよ。あのスマホは冬夜さんの力で、たとえ盗まれても呼び寄せることができるん、です。すぐ取《と》り戻《もど》せますよ。ね、冬夜さん」

「ほ、本当⁉」

リンゼの言葉に青ざめていたリリエル皇女の表情がパッと輝《かがや》く。

こんな場合を想定して、あのスマホにはいろんなプロテクトがかけられている。そのうちの一つに、登録されたスマホを付与《ふよ》された【アポーツ】と【テレポート】によって、僕のところへいつでも自在に帰還《きかん》させる、という機能があるのだ。これを使えばどんなに離《はな》れていても僕の手元へ取り戻すことができる。

「ああ、本当だ。すぐに取り戻してやるよ」

僕は自分のスマホのメモから、全員分の配布リストを呼び出した。

量産型のスマホにはそれぞれシリアルナンバーが登録されている。それを頼《たよ》りに特定のスマホを引き寄せることができるのだ。さすがにスマホ自体をバラバラにされていたら無理だが、価値を知っていて盗んだのならその心配はあるまい。

えっと、リリエル皇女に渡したスマホのシリアルナンバーは……と。

「よかったわー。お父様に取り上げられたときはどうなることかと、」

「……ちょっと待て。取り上げられた？」

操作していたスマホから顔を上げ、変なことを口にした皇女に視線を向ける。

「そうなのよー。式典中にちょっといじってただけなのに、お父様がねー。〆切が近いってのに、つまんない式典なんかに出席してる暇《ひま》なんかないっての。時間がもったいないって……」

「それ自業自得《じごうじとく》だろ。さすがに却下《きゃっか》だ」

「ちょ、なんでぇ!?」

いやいや。盗まれたならまだしもそういった状況《じょうきょう》なら取り返すわけにもいかんでしょ。

元々は大事な式典中にポチポチやってたあんたが悪い。なにが『私たちは破滅に向かう』だ。

自分だけだろ。

「いやいやいや！　取り戻してもらわないと困るのよ！　あの中には書きかけの原稿《げんこう》もあるし、もしもお父様に読まれたら身の破滅なんだから！」

「え、と、先生。ロックはかけておかなかったんです、か？」

「そりゃもちろんかけてあるけど、あんな番号だけのロック、時間をかければ外されちゃうわよ！」

んー……まあ、それは確かに。リーフリース皇王が娘のスマホを覗き見《み》るかどうかは微《び》妙《みょう》なところだが。父親として大事な式典中になにをしていたのか気にはなるだろうし。

「ちなみに書いていたのは……」

「『真・薔薇《ばら》の騎士団』最新巻の原稿よ。ハードな巻でね、新人騎士《きし》として入ってきた少年を、違うタイプの第一部隊長と第三部隊長が優《やさ》しく、時には激しくせめたてて……」

「説明せんでいい。つーか、完結したんじゃなかったのか、あの作品……」

リーフリース皇国、第一皇女リリエル・リーム・リーフリース。その裏の顔は知る人ぞ知る仮面作家リル・リフリスその人である。

まあ、その、なんだ。恋愛モノ……？　を中心にした作品が多い。

一部の層には爆発的《ばくはってき》な人気があるらしく、確かリンゼもファンだったはずだ。

「あれをお父様が読まれたら、間違いなく私は修道院送りになるわ……。毎日毎日精霊《せいれい》にお祈《いの》りを捧《ささ》げるようにして、心を浄化《じようか》させようとするに違いないもの」

「浄化しないといけないって自覚はあるんだな……」

まあ、あんな過激なモノを書いてたらなあ……。皇王陛下、ぶっ倒《たお》れるんじゃなかろうか。

見られたくないなら一応リモートワイプのように、遠隔《えんかく》操作でデータを全て消すってこともできるっちゃできるんだが。

その旨《むね》を伝えると鬼《おに》のような形相で睨《にら》まれた。

「はあ!? あれ書くのにどれだけ苦労したかわかってんの!? 何ヶ月《なんかげつ》もかかって書いたものを一瞬《いつしゆん》で消そうとか悪魔《あくま》か！ まだ印刷もしてないんだから、あれ消えたらあたし死ぬからね！」

「えっと、すいません……」

がるるる……！ とリリエルが威嚇《いかく》してくる。こいつ本当に皇女か……？

当たり前だけど、この世界にはＰＣがない。なのでこういったものを個人でバックアップすることはできず、僕が渡した『魔導印刷機《プリンター》』で印刷して保管するしかないのだ。

余程《よほど》のことがなければデータの消失とかはないはずだが、自分で間違って消去してしまう可能性は普通にあるからなあ。僕も何回かやったことあるし。

作家にとって書き上げる直前の原稿データが消えるってのは、それほどのダメージなのだろう。ま、博士に頼《たの》めば復元できるとは思うけとさ。

「素直《すなお》に謝《あやま》って返してもらうしかないんじゃないですか？　中を見られる前に」

「いや、返すとは言ってくれたんだけど、その条件がね……」

ユミナに提言されたリリエルは視線を外しながらそう答えた。なんだ、ちゃんと返してくれるんじゃないか。ならわざわざ僕らを呼び出さんでも……。

「ユミナ、結婚したでしょ？　で、お前はどうするんだ、相手を探せ、早く孫の顔を見せろ、とかお父様が言い始めて……。私もお見合いしろって……」

「あれ？　リリエル皇女って婚約者《こんやくしゃ》とかいなかったっけ？」

確かずいぶん前に皇王陛下からそんな話を聞いたよーな。僕がなにげなく疑問を口にすると、ユミナがあっ、と焦《あせ》ったような表情を浮かべた。え、なにかまずかった？

「いたけど、向こうに好きな人ができて駆《か》け落《お》ちされた」

リリエル皇女の言葉に部屋の空気が重くなる。

や……それは……。

一国の皇女よりも家を捨ててまで愛を貫《つらぬ》いたその男性を、同じ男としては褒《ほ》めたい気持ちもあるが……逃《に》げられた方としては笑えんよなあ……。

皇女との婚約を自分から破棄《はき》にもできなかったろうし、彼《かれ》にとってはそれしか方法がなかったのかもしれない。ベルファストにある侯爵家《こうしゃくけ》の息子《むすこ》だったらしいけど、その後いろいろと揉《も》めたようだ。まあ、そりゃなあ……。

一族にとっては王家に申し訳が立たないし、駆け落ちした相手の家だって大変だろう。二人は国外へと逃亡《とうぼう》したらしいが。

「ま、私もあまり好みじゃなかったし、結婚なんかして余計な時間を割《さ》かれたくなかったから特に問題なかったけどね！」

あはははは！　と笑っちゃいるが、目が笑っていない。あ、これけっこうトラウマになってるやつだ。それがきっかけでさらに趣味《しゅみ》に走ったんじゃないよな？　なんか切なくなってきた……。

ぶつぶつとなにやら呪いの言葉のようなものを虚空《こくう》に放っていたリリエル皇女が、ユミナとリンゼにブスッとした表情で視線を向ける。

「だいたい結婚ってどうなの？　面倒くさくない？　あんたたち本当に幸せ？」

「最高に幸せですが、なにか？」

「爆発《ばくはつ》しろ！」

爽《さわ》やかな笑顔で即答《そくとう》する二人にキレるリリエル。うぬう。いささかテレます。まだ新婚だからね。そこはね、うん。

「でも一国の皇女のお見合い相手となると、どんな方がいいんでしょう……。やっぱり王《おう》侯《こう》貴族でしょう、か？」

「お父様は家柄《いえがら》とかあまり気にしないから、将来性があれば一介《いっかい》の商人や冒険者でも大丈夫だと思うけど、国のことを考えるとやいのやいのと言う奴がいるからやっぱりそうなるわね。相手はうちの上級貴族や、付き合いのあるベルファスト、リーニエあたりの有力貴族とか……。あ、ユミナのところの弟くんって手も……」

「ヤマトはダメですよ？」

「あ、うん……」

食い気味に釘《くぎ》を刺《さ》してきたユミナにリリエルがたじろぐ。笑顔が逆に怖い。まあ僕もそれは反対する。

さすがに二十歳《にじゅっさい》も離れているんで、それは冗談《じょうだん》だろうけど。ヤマト王子が成長して、万が一両思いになったのならそこは本人たちの問題だから構わないとは思うんだが。

……だけどそうなるとこの人が義妹《ぎまい》になるのか。なんだかな……。

「ま、まあ、おそらくお父様が舞踏会《ぶとうかい》や晩餐会《ばんさんかい》を開いて、貴族の子女を招待するんだと思うけど。それに出席しろって話ね。スマホが人質《ひとじち》になっている以上、従うしかないわ……」

リリエル皇女が、はあああああぁぁぁ……と、長い溜息《ためいき》をついて机に突《つ》っ伏《ぷ》してしまった。そんなに嫌か。

「で、でも、ひょっとしたら素敵《すてき》な方と出会えるかもしれません、よ？」

「どーだか……。どーせまた、代《か》わり映《ば》えしない顔ぶれに決まってるわ。どっちみち私の秘密を知られるわけにはいかないから、結婚はお断りだけどね」

ムスッとした表情で、皇女が顔を上げる。やさぐれているなあ。

ともかく一応お見合いには出る気らしい。じゃないとスマホを返してもらえないからだろうが。

「ねえ、やっぱりあなたからお父様に頼んでくれない？　反省しているからスマホを返してあげてくれって」

「えぇー……。嘘はつきたくないなあ」

「嘘じゃないわよ。反省してるわよ、一応」

だからそれが嘘くさいっての。一応ってなんだ、一応って。まあどっちみち皇王陛下には挨拶《あいさつ》に行く気だったけどさ。聞くだけ聞いてはみるけど……。

「まったく……あいつは一国の国王をなんだと思ってるんだ？　すまんなあ、冬夜殿《どの》。どうせ娘が頼んできたんだろ？」

「いや、まあ……。はは……」

バレてら。

リリエル皇女の頼みをきいて、皇王陛下のところに来たけど、どうやらお見通しだったらしい。

この様子だとまだ中身を見ちゃいないな。式典でポチポチやっていたのもメールのやり取りをしていたと思っているみたいだし。

ちなみにユミナとリンゼはリリエル皇女の部屋に置いてきた。女同士で積もる話もあるだろうし、リリエル皇女が次回作のアイディアを聞いてほしいと言い出したので逃げてきたのだ。

「あいつもいいかげん相手を決めないと、本当に行き遅《おく》れてしまうからなあ。なにが気に入らないのやら」

確かリリエル皇女って、二十歳《はたち》……だったか？　それで行き遅れになるって、現代日本の感覚だととても信じられんが。

皇王陛下がテーブルの上に置いていたリリエル皇女の量産型スマホを手に取る。

「悪いがやはりこいつは返せんな。こうでもせんとあいつはなんだかんだと見合いを先延ばしにするだろうし。ここらで決めてもらわんとリディスの結婚式に独身で出席する羽目になりかねん」

渋《しぶ》い顔をして皇王陛下がソファにもたれかかる。リディスというのはリーフリースの皇太子で次期皇王、リディス・リーク・リーフリース君のことだ。リリエル皇女の弟で、確か十三歳。

このリディス君、姉とは違《ちが》ってちゃんと婚約者がいる。ミスミド王国のティア・フラウ・ミスミド王女（12）だ。

獣人族《じゅうじんぞく》が王家に嫁入《よめい》りってのは大丈夫なんだろうかとも思ったが、リーフリースの貴族たちなどからは反対意見もなく、あっさりと認められたらしい。

国境の八割が海で囲まれたこの国は、貿易によって発展してきた海洋国家である。ベルファストほどではないが、それなりに歴史も長い。

その長い歴史の中でリーフリースは多くの民族と付き合ってきた。雑多な民族が入り交じり暮らす国であるから、当然、王家にもいろんな民族の血が流れているという。獣人族の一人や二人、なにを今さら、ということらしい。

　さすがに単なる村娘なら揉めたろうが、相手は発展目まぐるしい新興国の第一王女だ。充分《じゅうぶん》に国の利益になる婚姻《こんいん》であり、問題はないと判断されたみたいだ。

　相変わらず大雑把《おおざっぱ》というかおおらかな国だよな……。

そんな背景からかリーフリースには豪快《ごうかい》で陽気な人が多い。目の前の皇王陛下を見てるとよくわかる。

　楽しけりゃいいや、的な。皇女もそういった気質を受け継いでいるんだろうなぁ。弟君は大人しくて、利発そうな子なんだけども。

「リディス皇太子とティア王女はいつごろ結婚《けっこん》を？」

「一年……長くても三年ってとこか。んで、あいつが二十歳あたりになったら役目を全部押《お》し付けてワシは楽隠居《らくいんきょ》だ。ベルファスト国王は王子が生まれたばかりだからまだだろうが、レグルス皇帝《こうてい》あたりと一緒に老後を楽しむつもりだよ」

　確かにレグルス皇帝陛下もそろそろ退位するらしいけど、老後って。リーフリース皇王って四十超《こ》えたくらいじゃないの？　いや、四十過ぎを『初老』っていうから間違いじゃないのかもしれないが。

「だからその前になんとかあいつの縁談《えんだん》もまとめたい。冬夜殿、誰かいい男はおらんかね？」

「と、言われましてもねえ……」

パッと思いつく人たちは大抵相手がいたりするしなあ。

「やっぱり貴族とかじゃないとダメなんですよね？」

「ワシ個人としてはどうでもいいと思うんだがな。あの子を大切に思い、幸せにできる男なら。だがあの子の結婚は我が国《わくに》としても大事なカードだ。うちの貴族たちも国の利益にならない相手との結婚は許さんだろうな」

うーむ、面倒《めんどう》だなあ。いや、僕《ぼく》もいずれ八人（あるいはそれ以上）の娘を持つことになるらしいから、人ごとじゃないか。

例えば僕の娘が王侯貴族じゃなく、一介の冒険者《ぼうけんしゃ》なんかと結婚したいと言い出したら……。

…………いや、関係ないな。貴族だろうが冒険者だろうがうちの娘をそんじょそこらの馬の骨にはやれんぞ。生半可な男ならお父さんは許しません。くっ、魔王《まおう》陛下の気持ちがちょっとわかった。

しかし身分がそれなりで独身となると……えーっと、会ったことはないが、魔王国ゼノアスの第一王子はフリーだったはずだ。母親は違うが一応桜《さくら》の兄な。脳筋らしいけど。

それから武流叔父《おじ》にぶっ飛ばされたラーゼ武王国の第二王子、ザンベルトがいたか。脳筋だけど。脳筋ばっかりか。

「冬夜殿に兄とか弟とかはおらんのか？」

「いない……と思います」

「思います？　…………ああ、いろいろ大変なんだな……」

皇王陛下は不思議な顔をしていたが、なにを納得《なっとく》したのかそれ以上は突っ込んでこなかった。おおかた僕の父親があちこちに子供を作っていたとでも思ったに違いない。面倒なんで訂正《ていせい》しないが。これ以上増えないとは思うけど。

「仕方ない。やはり見合いの夜会でも開くか。しかしもう大抵《たいてい》の相手とは引き合わせたしなあ……。今さら感があるな……」

「裏世界……西方大陸の国まで声をかければ違った顔が集まるんじゃないですかね。ちょうどリーフリースはそっちと唯一《ゆいいつ》陸続きになった国ですし」

「お、その手があったか！　パナシェスの国王陛下なら力を貸してくれるかもしれんな」

リーフリース皇国とカボチャパンツの王子様がいるパナシェス王国は、二世界が融合《ゆうごう》したとき唯一地続きになった国だ。

僕を介《かい》してすぐさま二国間での話し合いがあり、それ以来両国では友好的な交流が続いている。パナシェスの国王陛下は子煩悩《こぼんのう》で穏《おだ》やかな人だから、たぶん喜んで協力してくれるだろう。

「パナシェスの王子に婚約者《あいて》がいなければリリエルを嫁に出すんだがなあ。残念だ」

あのカボチャパンツの王子様にか……？　いや、変わり者同士で案外うまくいくのかもしれない。

だけどロベール王子にはセレスという、ストレイン王国女王陛下の姪《めい》にあたる婚約者がいる。なんであんなハイテンション王子にあんな素敵な婚約者がいるのか不思議でしょうがないが、人のことは言えないので口にはすまい。

あ、セレスと女王陛下に頼めばストレインの王侯貴族も呼べるかもしれないな。

「うむ。東方西方の合同お見合いパーティーか。これはいい。他国にもメリットはあるし、悪い話ではないだろう」

「向こうも他国との繋《つな》がりは欲しいでしょうしね。ただそういった外交メインのパーティーにならないといいですけど」

お見合いは二の次で、人脈作りや挨拶回りがメインになっては何のためにパーティーを開催《かいさい》したのかわからない。やっぱり自分にとって最高のパートナーを見つけてほしいし。

国のしがらみとか無しにさ。

「だったら身分を気にしないでいいように、仮面舞踏会の形式でやればいいのよ。その方が面白《おもしろ》いのよ」

「なるほど！　それなら王子王女だからと気にせずに声をかけたりできるな」

「ですね！　仮面舞踏会か……面白そうだ。なら仮面の方は僕が用意しますよ。会場は皇王陛下に……………ちょっと待て。なんでここにいるの、花恋姉さん？」

皇王陛下がポカンとしているのを見て、横に視線を向けるとうちの馬鹿姉がソファに腰《こし》掛《か》けて僕の紅茶を横取りしていた。

「面白そうな話があれば即《そく》参上！　それが望月《もちづき》花恋なのよ！」

「アホかぁぁぁッ！」

僕の質問にバチコーン！　とウインクをかましてきた花恋姉さんを怒鳴《どな》りつける。

ブリュ《う》ンヒルド《ち》の国内ならまだしも、他所《よそ》様の城に転移してくるってなにしてんの⁉

目の前のにいる皇王陛下に深々と頭を下げる。

「すみません、すみません、うちの馬鹿姉が本当にすみません！」

「いや……この城とこの部屋、二重に転移阻害《そがい》の結界が張ってあるんだがな……。こうもあっさりと侵入《しんにゅう》されてはうちの宮廷魔術師《きゅうていまじゅつし》たちも自信を失《な》くすぞ……」

いや本当にすみません。普通《ふつう》の転移魔法《まほう》ならそれで充分に防げます。実際僕らも城下まで転移してから来ましたし。

ただ、花恋姉さんや諸刃《もろは》姉さんらの転移術は神技【異空間転移】の延長で、魔法ではないから効果がないんです……。

「二度とこのようなことがないように言って聞かせますので……！」

「冬夜君もこう言っているから許してやってほしいのよ」

「誰のせいだと思ってんの⁉」

関係ない顔してクッキーをボリボリ食いやがって！　くそっ、花恋姉さんは一週間おやつ抜《ぬ》き！

「まあ、花恋殿は冬夜殿の姉上だしな……。今さらか。それよりもさっきの仮面舞踏会の話、どれぐらい人を集められるかな？」

「冬夜君のコネを使えば西方大陸《あっちたいりく》の王家や貴族の子女をかなり集められるのよ。まずは仮面のまま舞踏会で知り合ってもらう。その後、気に入った人がいたらその人を教えてもらって、後日、素顔《すがお》の写真と釣書《つりしょ》を送り、本当のお見合いをセッティングすればいいのよ」

いや、それほどコネはないけども。でも国のトップとは知り合いだから、根回しはしてもらえるかな。

「ふむ。ならばこれは皇国《うち》が力を入れて開催しよう。さっそく招待状を書かねばなるまい。忙《いそが》しくなりそうだ」

皇女の問題が解決しそうだからか、リーフリース皇王が明るく笑う。

その後、リリエル皇女はその仮面舞踏会に出席することを条件にスマホを返してもらえたようだ。

だけど相手が見つかるかは難しいんじゃないかなあ……。趣味が合う相手がいるかな……。

ついでといったらなんだが、ブリュンヒルド《うち》からも何人か出席させてくれと言われた。

ブリュンヒルドには貴族なんかいないので、必然的に騎士団員や要職にある人たちになる。

あまり集まらないと思うけど、一応声はかけてみるか。強制はしないけどさ。

◇◇◇

「っと、こんなもんか」

僕は【モデリング】で作り上げた最後の仮面を重ねて置いた。

仮面といってもいろいろとあるが、僕の作ったのは顔の上半分を覆《おお》うタイプの、いわゆる『ドミノマスク』と言われるものだ。レトロな怪盗《かいとう》とかＳＭの女王様とかがつけているようなヤツな。

ちなみにあの有名なドミノ倒《だお》しの『ドミノ』はこの『ドミノマスク』から来ているらしい。ま、それはどうでもいいか。

スマホでいろんな仮面を検索《けんさく》し、似たようなものをいくつも作った。猫や鳥などの動物を模したもの、羽飾《はねかざ》りがついたやつや金色の派手なもの、逆にシンプルな単色のものと様々である。

もちろんただの仮面ではない。軽い認識阻害《にんしきそがい》の付与がされており、相手に顔の特徴《とくちょう》を把握《はあく》されにくくしている。知り合いであってもこの仮面をつけていれば、ほぼ気付かないほどだ。さらに変声機能もある。声でバレてしまうってのもあるからね。

さらに会場では博士特製の付け耳や尻尾《しっぽ》なども希望者には貸し出されており、獣人や亜人《あじん》なども判断しにくくなっていたりする。これじゃ仮面舞踏会というより、仮装舞踏会だな。まあ、面白いからいいけど。

できた仮面を【ストレージ】にしまって、明日の舞踏会の準備をしているみんなのところへと向かう。

城の衣装部屋の一つに入ると『ファッションキングザナック』の店員さんたち数名が、ブリュンヒルド《ち》の出席者に普段《ふだん》は着ないタキシードの最終調整を行っているところだった。

「ああ、陛下。一応、男側の調整は終わりました。ひと通り叩《たた》き込んでおいたので、最低限のマナーは守れるはずです」

そう話しかけてきたのは騎士団《うち》の副団長、ニコラさんだ。ニコラさんの実家はミスミドでも大きな商家なので、こういったパーティーにはいくらか慣れているらしい。さすがに仮面舞踏会は初めてのようだが。

着込んだ黒のタキシードもビシッと決まっている。狐耳《きつねみみ》と尻尾もこころなしかツヤツヤしているような。

ブリュンヒルドからの出席者、特に男側は希望者が多くて大変だった。彼らを統率《とうそつ》するため、という名目でニコラさんにも参加してもらったのだ。僕が騎士団《きしだん》試験の時みたいに参加するわけにもいかないしな。

しかし堅《かた》いなあ、うちの副団長様は。まるで戦いにいくみたいだ。ある意味、間違《まちが》ってはいないのかもしれないが。

「ニコラさんもいい相手が見つかるといいね」

「はあ……。今のところあまりそういったことは考えていないのですが……。まあ、ブリュンヒルドの恥《はじ》にならない程度には頑張《がんば》ってみます」

ニコラさんは城下では人気がある。もともと男前だし、副団長という肩書《かたが》きもあるしな。ちょっと真面目《まじめ》すぎてあまり笑わないのが欠点だが、そこらへんもクールだと好意的に取られているようだ。

「女性側《むこう》も終わったのかな？」

「おそらく。先ほどノルエのやつがこんなのを送ってきたので」

ニコラさんがスマホを取り出してメールに添付《てんぷ》された写真を見せてくれた。『レインちゃん、可愛《かわい》さ大爆発《だいばくはつ》！』という文章とともに、騎士団長レインさんの白いパーティードレス姿が映っていた。白ウサギだ。

「あいつは何やってるんだか……。パーティーでなにかやらかしたりしないか心配です」

「ま、まあ、そこらへんはフォローしてやって。僕らも気をつけるからさ」

仮面の効果は顔への認識阻害だから、服さえ覚えていれば、誰かはわかる。同陣営《どうじんえい》の出席者は誰が誰だか把握はできるはずだ。

ちなみに女性陣の参加者は、団長のレインさん、副団長のノルエさん、警備隊長のレベッカさん、諜報隊《ちょうほうたい》の焔《ほむら》、雫《しずく》、凪《なぎ》のくのいち三人衆、魔族《まぞく》であるアルラウネのラクシェなどだ。

諜報部隊のトップである椿《つばき》さんは辞退。目立ちたくないんだってさ。

結婚云々《うんぬん》は別として楽しんでもらえるといいよな。

ただなあ……。結婚したら下手をするとその人は他国へ行ってしまうかもしれないんだよなあ。貴族の次男三男ならこっちに引っ張ってくるってこともできるだろうが。

いなくなるのは寂《さび》しいが、それが彼女《かのじょ》たちの幸せにつながるのなら笑顔《えがお》で送り出すべきなのだろうな。

ま、準備は整った。あとはうまくいくことを願うばかりだ。

幕間劇　水晶の竜

「な……フレイズがまた現れたっていうのか⁉」

「何人か目撃《もくげき》した者がいるらしいよ。ロードメアの方だけど」

ストローで果実水を飲みながら、エンデがそんなことを口にした。

仮面舞踏会の準備に忙しくなってしまったため、エンデたちの結婚式《けっこんしき》の予定をちょっとばかり延期してもらおうと、その日、僕は喫茶店《きっさてん》『パレント』にエンデたち四人を呼び出していた。

お詫《わ》びとして奢《おご》ると言ったから、何個ものスイーツをさっきから食べ続けているフレイズ三人娘《むすめ》をよそに、エンデが冒険者ギルドで聞いたという話に僕は眉根《まゆね》を寄せる。

「フレイズはもういないんじゃなかったのか？」

「この世界に、という意味ならそうだね。『結晶界《フレイジア》』にならいるだろうけど」

ユラたちが引き連れて来たフレイズたちは、邪神《じゃしん》により全《すべ》て変異種になってしまった。

その変異種化したフレイズも全て倒したと思っていたけれど、変異種化を逃《のが》れたものがいたのか？

「いやー、違うと思うよ？　変異種ならともかく本当にフレイズが出現したのなら僕らが気付かないわけがないから。たぶん見間違《みまちが》いじゃないかなぁ」

フレイズたちは僕らには感じることができない『音』を常に発しているらしい。メルたち支配種、それにエンデのやつは、その『音』を世界中のどこにいても感じ取ることができるんだと。

今現在、それを感じてはいないらしい。故《ゆえ》に見間違いじゃないかと。

「でも結界で封《ふう》じ込めればその『音』を遮断《しゃだん》することも可能だろ？　実際メルたちの『音』は僕が封じているし」

以前、メルたち支配種の『音』を変異種が感知することができないように、僕は【プリズン】でその核《かく》を封じ込めた。同じようなことをすれば、フレイズの『音』も消せるのでは？

「どうだろ？　冬夜レベルの結界を張れる者がこの世界に何人いるかな？　そこまでして隠蔽《いんぺい》したいのに、何人にも目撃されているっておかしくない？」

「いや、それは……。おかしい……と思う」

むむむ、ぐうの音も出ない。やはり目撃者《もくげきしゃ》の見間違いか？

でもそうなると、なにとフレイズを見間違えたっていうんだろう？　あんなインパクトのある姿に似ている魔獣《まじゅう》なんていたかなあ？

「とりあえず検索してみるか……」

喫茶店の中なので小さくテーブルにマップを投影《とうえい》して『フレイズ』と検索してみるとなぜかヒットしなかった。いや、正確には目の前の三人がヒットしたのだが、これは対象外だ。それ以外ではヒットしてない。

んー……やっぱりガセネタなのだろうか。

あ、それが見るからに『フレイズのニセモノ』なら、僕はそれをフレイズとは認識《にんしき》しない。そりゃヒットしないわ。

「もう一度検索。えーっと、『フレイズに似たなにか』……かな？」

『──検索終了《けんさくしゅうりょう》。一件でス』

「お」

今度はヒットした。つまりフレイズに似た別の魔獣なり魔物《まもの》なりがいるってことか。場所もロードメアア。目撃されているのはこいつだな？

「どうする気だい？」

「本当にフレイズじゃないのか一応確認《かくにん》してくる。万が一ってこともあるしな」

幸い現在位置は人里から離れている。明日にでも行ってみよう。ロードメアの全州総督《そうとく》閣下に許可をもらってからな。

◇　◇　◇

「ここらへんなはずなんだけど……」

「向こうの森の方ではないのか？」

「それかあの湖の中とか」

切り立った崖《がけ》の上から下を見ていると、なぜか一緒《いっしょ》についてきたスゥと桜《さくら》がそれぞれ森と湖を指差した。

暇だから連れてけと言われた。遊びに来たわけじゃないんだがなぁ。

ここはロードメア連邦《れんぽう》にある山岳《さんがく》州の一地域。人里からはけっこう離れている。

冒険者ギルドに寄って手に入れた情報によると、件《くだん》の魔獣なり魔物は、ここらへんで冒険者たちに目撃されたって話だが……。それらしいのは見えないな。

もう一度検索マップを展開する。最大まで拡大してもやはりここらへんとしか判断しようがない。

なんというか、僕らのいる場所と重なっているぞ？　すぐ近くにいるのに見えない？　透明化《とうめいか》の能力を持っているとかはやめてくれよ？

「桜、【歌唱魔法】で探せるかな？」

「ん、やってみる」

桜が絶壁《ぜっぺき》の上で歌い始める。

桜の【歌唱魔法】ならたとえ姿を隠《かく》していたとしても場所はわかるはずだ。

しばらく歌っていた桜だったが、ピタリと歌うのをやめた。ん？　何かわかったか？

「王様、この下」

「え？」

桜がそう呟《つぶや》くと同時に、崖の下から激しい地響《じひび》きが起こり、地面が崩《くず》れ始めた。

「危ない！」

僕は二人を抱《だ》き寄《よ》せて【フライ】を使いその場から避難《ひなん》する。

崩れ落ちた岩の中からキラキラと太陽の光を反射させて『それ』が姿を現す。出現したのは一瞬フレイズか、と見紛《みまが》うような水晶でできた巨大《きょだい》な竜であった。

確かに外見はフレイズに似ている。が、こいつはフレイズではないと見ただけで僕にはわかった。

その体付きがフレイズのものとは明らかに違う。

支配種を除くとフレイズはどちらかというと無機質なイメージがある。彫刻像《ちょうこくぞう》とかオブジェとかそんな感じだ。作られた物、というイメージが強い。

しかし目の前の竜は生きている『生命体』を感じさせる。

水晶でできた竜……いや、それ以前にこいつは竜なのか？

「瑠璃《るり》！」

『——お呼びですか、主《あるじ》。む？』

瑠璃を召喚《しょうかん》する。空中に現れた青い子竜は眼下に立つ水晶の竜をその目に捉《とら》えた。

「あれってお前の眷属《けんぞく》か？」

『いいえ。アレは我らの眷属ではありませぬ。形は似ておりますが、アレは無より生み出されしものゆえ』

瑠璃は忌々《いまいま》しそうに眼下の水晶竜《すいしょうりゅう》を睨みつけた。無より生み出されしもの？　どういう意味だろう？

「王様、あの竜から呼吸音も心音もしない。生きてないよ、あれ」

「え？」

脇《わき》に抱《かか》えた桜からそんな声が発せられる。生きていない？　いや確かに水晶でできてるなんて、生き物っぽくはないけれども……。

『あやつはゴーレムやガーゴイルと同じ魔法生物です。太古の魔導師によって作られた物言わぬ従者。姿は酷似《こくじ》していても、我ら誇《ほこ》り高《たか》き竜とは全くの別物です』

魔法生物。魔法により作られし生命体。代表的なのは瑠璃の言ったゴーレムなんかだな。変わったものだと宝箱に擬態《ぎたい》したミミックなんかがいる。

やはりフレイズではなかったか。それにしても魔法生物がなんだってこんなところに？

当然ながら、魔法生物とは人間（まあエルフとかの可能性もあるが）が作ったものだ。命令しなければ動かないし、逆に命令されたならいつまでもその命令に従い続ける。

わかりやすいのはダンジョンなどで見られるガーゴイルの門番とかゴーレムなどの守護者《ガーディアン》などだな。『宝を守れ』とか、『侵入者《しんにゅうしゃ》を排除《はいじょ》しろ』などの命令に従っているわけだ。

だからこの水晶竜もなにかしらの命令を受けているのでは？　と思ったのだが……。

「なにかを守っているとか？」

「あり得るのう。誰《だれ》かがそこに侵入し、それがきっかけとなってあの水晶竜が動き出したのではないか？」

抱えている桜とスゥがそんなことを述べているが、僕もそんな気がする。

『────────！』

「っ、【テレポート】！」

水晶竜が大きな口を開け、衝撃波《しょうげきは》のようなものを僕らにぶつけてきた。それが届く寸前に、横にいた瑠璃もまとめて【テレポート】で転移して攻撃《こうげき》を躱《かわ》す。

背後にあった大きな岩山が砕《くだ》け散《ち》った。完全に僕らを敵として見てるな。いや、侵入者か？

『主《あるじ》。ここは私にお任せ下さいませぬか』

「え？　……まあ、いいけど……」

『ありがたき幸せ』

僕が許可を出すや否《いな》や、瑠璃は巨大化《きょだいか》し、元の大きさに戻《もど》った。水晶竜対青玉竜。ドラゴン同士の戦いだ。や、片方は竜ではないのか。

『恨《うら》むのならそのような不遜《ふそん》な姿に作った己《おのれ》の創造主を恨むのですね』

瑠璃が天に向かって咆《ほ》えた。うるさ……！　気合入れるためかもしれんが、それやめろっての。

瑠璃の咆哮《ほうこう》を受けても水晶竜は動じない。ま、ロボットみたいなものなら当たり前か。

水晶竜が再び大口を開けて衝撃波のブレスを吐《は》いた。それに対して瑠璃は微動《びどう》だにせず、正面から悠然《ゆうぜん》と受け止める。

ドン！　と衝撃波のぶつかる音が鳴《な》り響《ひび》くが瑠璃の体には傷一つない。

『温《ぬる》い。琥珀《こはく》の衝撃波の方がまだマシです。それしきの力で竜を模すとは片腹痛い』

……あっれぇ？　瑠璃のやつけっこう頭にきてるな。おこなの？

冷静そうに見えて、瑠璃は沸点《ふってん》が低い。琥珀としょっちゅう言い争いをしてるところから見てもそれはわかる。

そして誇り高い。竜の姿をした紛《まが》い物《もの》など認められないのだろう。……博士たちには竜型のゴレムだけは作るなと言っておこう。竜騎士《りゅうきし》は……まあ竜の姿をしていないからセーフだよね？

水晶竜が三度四度と衝撃波のブレスを放つ。瑠璃は同じように正面から受け止めているが、大丈夫《だいじょうぶ》か？　だんだんと顔が引きつってきてるけど。我慢《がまん》してない？

ドン！　ドン！　ドン！　と衝撃波が瑠璃に当たる音だけが辺りの山々にこだまする。

『っ、しつこい！』

あ、キレた。

何度目かわからないブレスを水晶竜が吐き出《だ》そうとした時、逆に瑠璃がその口から青い炎《ほのお》のブレスを吐き出した。

『────────!』

一瞬《いっしゅん》にして水晶竜の上半身が燃《も》え尽《つ》きる。まるでガラスを溶《と》かしたようにドロッとした下半身だけの水晶竜はその場に横倒《よこだお》しに倒《たお》れた。

あーあ。機能不全程度にして持って帰れば博士たちのお土産《みやげ》になるかと思ったのにな。まあ、下半身だけでもいいか。

水晶竜を倒し、満足したのか瑠璃はまた子竜の姿に戻った。

「瑠璃も怒《おこ》るとおっかないのう……」

スゥがぶっ倒れた水晶竜を眺《なが》めてそんな呟きを漏《も》らした。

おっと、熱が森の木々に移る前に溶け掛《か》けの水晶竜を【ストレージ】で収納しとこう。山火事になったら大変だからな。

「ニセフレイズはこれで片付いたな。だけど、こいつが門番《ゲートキーパー》なら、ここらへんになにかしら遺跡《いせき》なりダンジョンなりがあるはずだけど……」

【サーチ】で探すか? こんな自然の中だ。『人工物』とでも指定すればすぐに見つかると思う。

「王様、あれ」

「ん？」

そう思った矢先、桜が岩肌《いわはだ》が剥《む》き出しになっている場所を指差した。大きな岩に囲まれて周囲からは見えにくいが、なにやら門のような入口が見える。

空から見るとちょうど入口が大岩で囲まれて見えないようになっていたようだ。今はその一角が崩れたため、見えるようになっていた。あれが水晶竜が守っていた施設《しせつ》か。ダンジョンかな？

ダンジョンだとすると、ロードメアの全州総督閣下にお知らせしないといけないよなあ。国にとっては人を集めるまたとないお宝だ。水晶竜退治までは許可をもらったけど、ダンジョン探索《たんさく》までは許可されていないし。まあ、まだダンジョンと決まったわけじゃないけども。

門の正面まで行ってみると、いくつかの死体が転がっていた。たぶんここを発見して侵入し、水晶竜に排除された者たちだろう。土魔法で穴を掘《ほ》り、簡易な墓を作る。こっちはこれでよし。

「大きいのう。岩山をくり抜いておるのか？」

スゥの言葉に僕も門を見上げる。門というより岩をくり抜いて造られた神殿《しんでん》のようだ。こんな遺跡地球にもあったな。ペトラ遺跡、だったたか？

「【光よ来たれ、小さき照明、ライト】」

【ライト】の魔法を使い、中へと入る。やや大きめな真《ま》っ直《す》ぐの通路を通《とお》り抜けると、すぐに開けた広間のような場所に出た。

僕の【ライト】に照らし出された『それ』を見て、スゥや桜が息を呑《の》むのを感じた。

そこには様々な彫像《ちょうぞう》が置かれていたのだ。鎧《よろい》のようなものを着た戦士、ドレスをまとった女性、翼《つばさ》を広げたペガサス、飛びかかる狼《おおかみ》、横たわる裸婦《らふ》……。その全てが水晶でできていた。

保護魔法がかけられているのか、どれ一つとして輝《かがや》きを失ってはいない。暗闇《くらやみ》に浮《う》かび上《あ》がるその幻想的《げんそうてき》な光景に僕らはしばし目を奪《うば》われた。

「美術館……いや、個人のアトリエ、あるいは倉庫か？」

「すごい。みんな生きてるみたい」

桜の言葉に僕はハッとする。おいまさか、これ全部魔法生物とか言わないよな？

近くにあった犬の頭をコンコンと叩く。……本物か？　一応、念のため解析魔法《かいせきまほう》【アナライズ】を使ってみたが、変な魔力《まりょく》の流れはなかった。どうやらただの彫刻《ちょうこく》らしい。

かなり細かく作られていて、確かに生きているみたいだ。まるで人間がそのまま水晶になったかのようである。

あの裸婦像なんかやけにリアルだよなぁ。胸とか、こう……重力に引かれての重さを感じるというか。大きいな……。

僕が横たわる裸婦像をじっと見ていると、背後から奥《おく》さん二人の刺《さ》さるような視線が飛んできた。

「作り物とはいえ、嫁《よめ》の前で女の裸《はだか》に見惚《みほ》れるとはいい度胸じゃのう……」

「比べた？　王様、それはいけない。家庭不和の原因になるよ……？」

「ごめんなさい！」

なにやら剣呑《けんのん》な気配を感じたのですぐに謝《あやま》っておく。ここで謝っておかないとさらに他《ほか》のお嫁さんにも伝播《でんぱ》し、火災が広がる。今のうちに消火しておかねば。すぐに謝ったおかげでなんとか鎮火《ちんか》できたようだ。危ない、危ない。

「にしても多いのう。冬夜、全部持って帰るのか？」

「いや、一応ロードメアの方に発見報告はしないとな。勝手に持ち出していいものか判断し辛《づら》いし」

これがロードメアに伝わるお宝とかだと面倒なことになる。他国の貴重な文化財を勝手に持ち出すわけにもな。

発見者だからいくらかもらえるかも知れないが、現金化してお金で、という可能性もあ

るし。

とりあえずロードメア連邦の全州総督に連絡《れんらく》を入れよう。水晶竜のことも報告しないとな。

僕は懐《ふところ》からスマホを取り出して、連絡先《れんらくさき》から全州総督の番号を押した。

◇　◇　◇

「素晴《すば》らしい発見ですわ！　まさかレジナビルンの作品がこんなに見つかるなんて！　これは大発見ですよ！」

全州総督閣下はかなり興奮しているようだった。ちょっと怖《こわ》い。

そんなにすごいものなのか。僕にはよくわからないけれども。

キョトンとしていた僕に焦《じ》れたのか、全州総督閣下が説明をしてくれた。

「レジナビルンは古代魔法王国時代に活躍《かつやく》した、芸術家にして錬金術師《れんきんじゅつし》、さらに魔学博士という、いくつもの肩書きを持つ天才です。現代において、その作品はほんの僅《わず》かしか残されていません。とっても貴重なものなんですよ！」

よくわからないが、レオナルド・ダ・ヴィンチみたいな人なのかね？　うちにも同時代の天才博士がいるけど変態だぞ。

「それでこれはどれくらいの価値があるんですかね？」

「正直見当もつきません。同じ重さのオリハルコンでも釣《つ》り合《あ》うかどうか……」

げっ⁉　そんなにすんの⁉

思ったよりも高い。大きな水晶さえあれば【モデリング】で僕《ぼく》にも作れそうなんだけどな……。芸術家としてのセンスはともかくとして。

「オークションにかけたらさらに増額するでしょう。しかしこれは人類の宝ともいうべき美術品。おいそれと手放すわけにはいきません。我が国《ロードメア》の美術館にて保管させていただきたいのですが……」

全州総督はちら、とこちらを見てきた。

冒険者《ぼうけんしゃ》ルールに則《のっと》るならお宝は発見した者の総取り。しかしそれがその国の遺跡の財宝となると勝手には持ち出せない。

なぜなら遺跡はその国の管轄《かんかつ》となるからだ。大抵は発見者に発見した物と同等の現金を渡《わた》し、財宝は国が買い取ったりする。

もちろん断ることもできるけど、あまりそれはオススメできない。なぜなら間違いなくその国での活動を制限されてしまうからだ。

個人の制限ではなく、全ての冒険者への制限である。ダンジョンへの侵入禁止とか、持ち出しに許可申請《しんせい》が必要になるとか。

当然ながら他の冒険者からは非難を轟々《ごうごう》と受けるだろう。その者は冒険者としては二度と活動できなくなる可能性だってある。

だから大抵《たいてい》は金で受け取るか、どうしても欲《ほ》しい物だけを交渉《こうしょう》して手に入れる。魔剣《まけん》や冒険に便利な魔導具《アーティファクト》とかな。

僕としてはどれだけ素晴らしい美術品かは知らないけど、飾《かざ》っておきたいと思うほどでもない。

「いいですよ。お譲《ゆず》りします」

「ありがとうございます！」

全州総督閣下が提示してきた金額はかなりものであった。そんなに価値があるのか、これ……。美術品ってのはわからないなあ。欲しくない人にとっては何の価値もないし、欲しい人にとっては全財産を費やしてもかまわないと思わせるものなんだろうな。

まあ、思いがけないボーナスが手に入ったと思えばいいか。

気が変わらないうちにと全州総督閣下から即金《そっきん》で手渡《てわた》されたお金を持って、僕らはブリュンヒルドへと帰還《きかん》した。

◇　◇　◇

「レジナビルン、でスか。ああ、それならバビロン博士の雅号《がごう》でスね。短期間しか名乗ってませンでしタが。現代では本名よりモそちらの方が有名かもしれませン」

「はあぁ⁉」

夕食の時に今日あった出来事をみんなに話していたら、給仕《きゅうじ》をしていたシェスカがさらりととんでもないことを口にした。

「ちょっ、ちょっと待て。するとなにか？　あの水晶像はバビロン博士が作ったものだってのか？」

「水晶像……ああ、一時期凝っテいたコトがありましタね。もっトも一週間と持ちませンでしタが。飽《あ》きっぽい人なのデ。確かその作品はドコかのアトリエに放置していたカと……」

レジナビルン。レジーナ・バビロン。確かに似てる名前だけど……。じゃあなにか、あの水晶竜もバビロン博士が作ったものだってのか。

「芸術品なんかも作ってたのか……」

「アレでも一応、古代王国パルテノでは『万能《ばんのう》の天才』と呼ばれたほどの人でスので」

アレ扱《あつか》いかよ。僕も気持ち的には同じだけども。馬鹿《ばか》と天才は紙一重《かみひとえ》……いや、この場合、変態と天才は紙一重か？

「なんじゃ、ならあれは全部冬夜のものではないか。バビロン博士は冬夜の『所有物』なのじゃろう？」

「ちょっと奥さん、人聞きの悪いことを言わないでくれ」

僕はスゥが口にした言葉に反論する。確かにバビロン博士はシェスカと同じバビロンシリーズで、僕をマスターとしているけどさ。

そもそもロードメアの全州総督に真実を話せるわけもない。まあ、あんな博士の作品でも見たいって人がいるなら少しは世の中の役に立つんじゃないか？

シェスカの持ってきたお茶を飲みながらユミナが尋《たず》ねてくる。

「それでもらったお金はどうするんですか？」

「うーん、たまには騎士団のみんなにボーナスでもどうかな、って」

「ボーナス？　確か賞与《しょうよ》……でしたか？」

うん、まあ、その意味で合ってる。

僕は何度か騎士団のみんなにはボーナスをあげている。ただ、騎士団にかかるお金は国の税金ではなく、僕のポケットマネーであるため、年に二回、とか決まってはいないのだ。

だからこんなふうに思いがけない収入があったときに渡すようにしている。前に出した時からけっこう経《た》っているし、そろそろ渡さないとみんなのモチベーションもね……。

「しかし、ただお金を渡すだけってのも芸がないね。どうだろう、それとは別に特別報《ほう》奨《しょう》金《きん》を出してみては？」

と、一緒に食事をしていた諸刃《もろは》姉さんからそんな提案が挙げられた。特別報奨金？

「そうだな、例えば総当たり戦をして上位入賞者に賞金を配るとか。あるいは今までの働きから特に功績のある者に渡すとか」

ああ、そういうことか。確かにモチベーションは上がるかもしれないけど。

お金に余裕《よゆう》はあるからどっちもやってしまうか。実力をつけたり、仕事に熱心に励《はげ》めば報《むく》われるということを示すためにも。

あ、でもどうせなら……。

「んん？　水晶を使った作品群？　そんなの作ったたっけかなあ……？」

「覚えてもいないのかよ……」

翌朝、一応製作者だという、レジナビルンことバビロン博士に事の推移を知らせたらこれだ。

「一時期作ってたじゃないでスか。門番に水晶のドラゴンまで作って」

「水晶のドラゴン……？　……あ。あぁー、あれかぁ、すっかり忘れてた」

『研究所』の管理人、ティカに促《うなが》されると、やっと思い出したのか、博士はポンと手を打った。

「ちょうどあの頃《ころ》フレイズの目撃が相次いでいて、水晶の生物というものが気になったから、いろいろと作ってみたんだった」

「え、じゃあアレってフレイズに触発《しょくはつ》されて作ったのか？」

博士の思わぬ言葉にちょっとびっくりする。まさかそんなルーツがあったとは。

「そのうちフレイズの進攻《しんこう》が本格的になってきて、さすがに水晶のドラゴンはマズいと作品ごと封印《ふういん》したんだった。あれってどこだっけ？」

「二十六番目のアトリエでス。今の地図だとロードメア連邦のあたりでスね」

まさにそこだよ。さっき発見してきたよ。

そんでそのまま封印して放置してた、と。その数年後にバビロンの開発に取《と》り掛《か》かったから、『蔵《くら》』に収められていなかったのか。

「今更《いまさら》だけどその作品って必要《いる》か？」

「いらない。あんなの暇潰《ひまつぶ》しに作っただけだし」

暇潰しで後世に名を残すって、考えてみると凄《すご》い話だよなぁ……。

まあ、もうロードメアに売ってしまったし、どうしようもないんだけど。

待てよ、博士に新しく水晶像を作ってもらえば高く売れるのでは……。

「言っとくけど、水晶像はもう作らないよ？　惰性《だせい》で作っても駄作《ださく》を量産するだけで時間の無駄《むだ》だからね」

その駄作でも欲しいってやつはけっこういると思うんだが、芸術家とかからすると許せないことなんだろうかね？

なんとなく陶芸家《とうげいか》が気に入らない自作を地面に叩きつけている映像が脳裏《のうり》に浮かんだ。

まあ、五千年前の作家の作品が連続して発見されたりしたらさすがに怪《あや》しまれるか。やめといた方が賢明《けんめい》だな。

バビロンを出て、城の北にある大訓練場へ行くと、すでに警備の仕事がある者たち以外は騎士団員《きしだんいん》全員が揃《そろ》っていた。

騎士団長であるレインさんからボーナスの話が出ると、みんな一斉《いっせい》に喜びの声を上げた。

喜んでくれているのは嬉《うれ》しいけど、そこまで歓喜《かんき》の声を上げられると、まるで普段《ふだん》は安月給と叫《さけ》ばれているようでちょっと刺さる。

他《ほか》の国の騎士団と比べると安いのは確かだけどさ……。

「よし、それじゃあ特別報奨金をかけた試合を行いたいと思う。準備はいいかい？」

『オオオオォォォォ！』

諸刃姉さんの宣言に騎士団員たちがテンション高く拳《こぶし》を振《ふ》り上げる。ノリがいいというかなんというか。

「だけどただ試合をするだけじゃあ面白《おもしろ》くない。いろんな種目に分けて、それぞれ得意なもので勝負といこうじゃないか。足の速い者、物を投げるのが得意な者、障害物を越《こ》えるのがうまい者……。それぞれ一位になった者に冬夜君から賞金が出るよ。実力さえあれば複数の賞金を手に入れることも可能だ」

そう。ただの剣《けん》の試合では勝てない者も出てくる。それじゃあ面白くないってんで、運動会のようにいろんな種目がある試合にしたのだ。これならそれぞれ得意なもので勝負できる。

障害物競争やパン食い競争なんかも入れたから、内勤騎士の人たちにもチャンスはあるはずだ。

さらに東西二チームに分けて、買った方のチームには別途《べっと》賞金を出すことにする。チーム戦と個人戦、どっちもありだ。もう賞金の大盤振《おおばんぶ》る舞《ま》いだ、こんちくしょう！

「じゃあ初めは早駆《が》けからいこう。自信のある者たちは前に出るといい」

早駆け、つまりは短距離走《たんきょりそう》だ。距離は百メートル。これにはほとんどが参加を表明した。人数が多いので、何回かに分けて走らせることにする。

「のう、冬夜。これは町のみんなにも見せた方がよいのではないか？　地球ではそんな催《もよお》しがあったじゃろう？」

横にいたスゥがそんな提案を述べてくる。たぶんスゥが言ってるのは、地球のテレビで見た陸上競技の試合のことだと思う。こっちは運動会なんだが。

まあ運動会でも観客がいるといないとでは盛り上がりが違《ちが》うしな。そうするか。

桜に頼《たの》んでニャンタローたちを使い、町の人たちに知らせて回ってもらうことにした。

やがてちらほらと町の人たちが大訓練場の周りに集まり始め、百メートル走が終わる頃には周囲はかなりの観客で埋《う》め尽くされていた。

第二種目には卵スプーンレースが行われる。スプーンに茹《ゆ》で卵《たまご》を載《の》せて落とさないように速く走る競技だ。

慌《あわ》てて茹で卵を落としてしまった騎士団員に応援《おうえん》を送りながら、観客たちが盛り上がっている。

「たまにはこういうのもいいわね」

「ううむ、拙者《せっしゃ》も参加したかったでござるなぁ……」

エルゼの呟きに八重がそんな声を漏らす。いや、君らが参加したら賞金全部回収しちゃうから。

やはり騎士団でもこういったイベントを定期的に行うようにした方がいいのかな。町の人たちの娯楽《ごらく》にもなるし、みんなの息抜《いきぬ》きにもなるし。

しかしそのたびに賞金を出していたら僕の財布《さいふ》がどんどん軽くなるんだが……。

まあ、またなにか臨時収入があったら考えよう。

第二章 仮面舞踏会

「ふわぁ、大きなホールですねぇ……」

二階から広いダンスホールを見下ろして、ため息とともにリンゼがそんなことをつぶやく。

そこかしこにキラキラとした装飾《そうしょく》がちりばめられて、天井《てんじょう》には光《ひか》り輝く大きなシャンデリアがある。あれって【ライト】が付与《ふよ》されたドワーフ特注のシャンデリアか。おいくらすんのかね……。

僕らがいる舞踏会場の二階回廊《かいろう》、その先には食事を楽しめる広いバルコニーがあり、そこからはリーフリースの美しい海が一望できた。青い海と蒼《あお》い空、白い雲に白い街並み。思わずカメラで撮《と》ってしまうほどの眺望《ちょうぼう》である。

「新婚《しんこん》旅行で行った地中海に似ているわね」

「それリーフリースに初めて来たとき、僕も思ったよ」

リーンの言葉に苦笑《くしょう》しながら答える。こういったことを共有できるのは嬉しいな。お決まりの名所ばかりだったけど、地球中を回ってよかった。

「下は庭園になっているのでござるな」

八重《やえ》がバルコニーの手摺《てす》りから下を覗《のぞ》き込んでいたので、僕も同じように身を乗り出す。

バルコニーの下、つまり舞踏会場のすぐ横には花壇《かだん》に美しい花々が咲《さ》き乱《みだ》れていた。その中を煉瓦《れんが》の道が延《の》びていて、大きな噴水《ふんすい》、ベンチやガーデンテーブルなども見える。青々とした芝生《しばふ》の広場もあって、あそこでピクニックをしたら楽しそうだ。

隣《となり》のヒルダもそう思ったらしく、眼下に広がる庭園を微笑《ほほえ》みながら眺めていた。

「舞踏会でパートナーを見つけ、こちらでおしゃべりをする……という流れでしょうか」

「まあ、それが理想かな。相手が見つかれば、だけど」

仮面を被《かぶ》っているから美人だとか王女だとかで一人に群がるようなことはないと思うけど、衣装は特に限定してなかったからなあ。派手な人がモテそうな気もする。ゴージャスなドレスを着ていれば金持ちとわかるからな。

ま、それに群がるようなやつらは放っておくのがいいか。それも性格を見抜《みぬ》く判断材料になるだろ。

僕がそんなことを考えていると、スゥがキョロキョロと近付いてきた。

「冬夜《とうや》、ルーはどこにいったのじゃ？」

「ん？　ああ、ルーなら厨房《ちゅうぼう》の方だ。リーフリースの宮廷《きゅうてい》料理長と料理の下準備をしているよ」

「他所様《よそ》のところでも作るのか？　もうルーはブリュンヒルドの王妃《おうひ》じゃろうに。困ったもんじゃのう……」

スゥがやれやれ、といった風に溜息《ためいき》をつきながら首を振る。いや、これには理由があってだな。

ルーはスマホで配信されている【お料理レシピ】というアプリで、様々な料理のレシピをブログ形式で毎週公開している。

これには美味《おい》しい料理や甘《あま》いお菓子《かし》の写真なども載《の》っていて、これがスマホを渡した王妃王女の方々のハートを鷲掴《わしづか》みにしたのだ。

当然、その情報を城の料理人に渡し、作ってもらったりもしてるわけで。だから宮廷料理人には料理人としてのルーを知っている人も多い。

ここリーフリースの宮廷料理長もその一人で、ルーのブログのファン？　なんだそうだ。で、そのことを知っていたリーフリース皇后から直接お願いをされた、というわけだよ。

「ルーの料理は美味しいから、女性陣《じょせいじん》はそっちに夢中になりそう」

「それはそれで問題があるなあ……」

桜《さくら》の言う通り、女性陣が料理に夢中になって、男性陣に見向きもしなかったら、お見合いパーティーの意味がない。食べた感想を言い合ったりして仲良くなってもらえるといいんだが。

と、不意にユミナがパン！　と手を叩《たた》いた。

「さあ、私たちもそろそろ準備いたしましょう！　私たちにとっても今日は冬夜さんの奥さん……初めてブリュンヒルド王妃としての公務なんですから」

「えっと、その……ユミナ？　やっぱりあたしたちも出なきゃダメ？」

ユミナの言葉に対して、おずおずと苦笑いしながら口を開いたのはエルゼだ。同じように、リンゼと八重、桜も難しい顔をしている。

お見合いパーティーとは別に、別階では各国の国王や王妃、お見合いに出るには小さい王子王女、重臣らが集まってのパーティーがある。当然ながら僕も参加するし、その妃《きさき》である彼女《かのじょ》たちも参加するのだ。

ウチからはその他に宰相《さいしょう》の高坂《こうさか》さん、建設主任の内藤《ないとう》のおっさんが出席する。あと不本意だが、花恋《かれん》姉さんと諸刃《もろは》姉さんも。一応二人も王族ってことになってるんで……。時江《ときえ》おばあちゃんはさすがにお留守番だが。

お見合いパーティーよりも実はこっちの方が重要だったりする。東西大陸の王族が集ま

るんだからな。当然、警備は厳しい。僕も数日前にリーフリースに招かれていくつかの警備強化を手伝ったし。

正式なパーティーなので当然ドレスコードがある。いつものような冒険者ルックではダメというわけだ。

そんなパーティーに出席することになって、僕のお嫁さんたちは意気込む者と尻込《しりご》みする者の二種類に分かれた。

ま、これは仕方がない。ユミナ、ルー、ヒルダ、リーン、スゥの五人は、こういった公式の場での振る舞いに慣れているが、その他のみんなは違う。気おくれするのだろう。

なにも難しいことはないんだが。ちょっと参加者たちに挨拶《あいさつ》をして引っ込み、そのあとは他国の王妃様たちや重臣の奥様方《おくさまがた》と一緒《いっしょ》に、おしゃべりなんかをして親交を深めてもらえればいいだけで。

他国の王妃様たちにはみんなも何回か会ったことがあるはずなんだけど、こういった堅《かた》苦《くる》しい場ではなかったし、『王妃として』という立ち位置ではなかったからなあ。

「ま、僕らは主催側《しゅさいがわ》じゃないし、気楽にね。今回はこういう場に慣れる練習って気持ちでさ」

「簡単に言わないでよ……。あーあ、会場の警備の方がよかったなあ」

エルゼが溜息をつきながらそんなことを言うが、もう君は公式的にも王妃となっているのでそれは勘弁《かんべん》して下さい。

エルゼの隣で苦笑いしていた八重が僕の肩越《かたご》しに何かを見つけたように首をひょこっと動かす。え、なに？

「桜殿《どの》、あれは魔王《まおう》陛下では？」

「……うげ」

桜が嫌《いや》そうな声を漏らす。『うげ』って。

振り向《む》くと、吹《ふ》き抜《ぬ》けになった舞踏会場の二階、回廊ギャラリーからこちらへ歩いてくるのは誰あろう魔王国ゼノアスの魔王陛下であった。その後ろには警護の魔族騎士《まぞくきし》数名がいる。

その中に見知ったダークエルフの男性を見つけた。ウチの騎士団所属で桜の専属騎士、スピカさん……その父親のシリウスさんだ。

相変わらず若いなぁ。ダークエルフなんだから当たり前だが。魔王陛下も二十代にしか見えないけどな。百歳《さい》はこえているはずなのに。

んん？　警護の騎士とは別に身なりのいい青年が二人いるな。あれ、この人らって……。

「おう、ブリュンヒルド公王。もう会場入りしていたのか」

魔王陛下が片手を上げて声をかけてきた。が、視線は僕ではなく、娘《むすめ》の桜の方へと向いている。こっち向けや。

各国には昨日のうちに僕が【ゲート】で向かい、ここへの転移陣《じん》を設置してきた。時間になればそこを通って許可された人物だけがやってくるはずである。一番乗りは魔王国ゼノアスか。

魔王陛下が笑顔《えがお》で桜に声をかける。

「その、ふ、ファルネーゼも元気か？」

「……元気」

「新婚生活はどうだ？　大切にしてもらっているか？」

「なにも問題はない。心配無用」

「そ、そうか……」

なんともそっけない。とても父娘《おやこ》の会話とは思えん。きちんと返しているだけマシになった気もするけど……。

いたたまれなくなったのかシリウスさんが魔王陛下に近づき、なにやら小声で囁《ささや》く。

「陛下。ご紹介《しょうかい》の方を……」

「あ、そ、そうだ！　お前に紹介するやつがいるんだった。おい！」

魔王陛下が呼ぶと二人の青年が前に進み出た。一人は身長一八〇センチ以上ある肌《はだ》の浅黒い青年で、首や腕《うで》からは鍛《きた》え上げられた筋肉が見《み》え隠《かく》れしている。燃える様な長い赤髪《あかがみ》に爛々《らんらん》とした目、ニヤリとした不敵な笑《え》みを口元に浮かべていた。

もう一人は背丈《せたけ》が僕と同じくらいで丸い眼鏡をかけた線の細い青年。隣の青年とは対照的に、眠《ねむ》たげな目でこちらを見ている。隣の青年と同じ赤髪ではあるが、若干《じゃっかん》こちらの方が色が淡《あわ》い。どことなく学者風な雰囲気《ふんいき》を漂《ただよ》わせていた。

しかしなによりも僕が気になったのは、二人の頭から左右に生えた銀の角……王角である。

王角は魔王族の証《あかし》。つまり……。

「息子《むすこ》のファロンとファレスだ。ファルネーゼ、母親は違うがお前の兄たちになる」

やっぱりか。ゼノアスの第一王子と第二王子。桜の兄たちだ。つまり僕にとっても義理の兄ということになる。

義理の兄が多いなぁ、僕……。八重のところの重太郎義兄《じゅうたろうにい》さんだろ。ヒルダのところのラインハルト義兄さん、ルーのところのえーっと……（印象薄《うす》い）ルクス義兄さん。そしてこのファロンとファレス義兄さんか。ま、お嫁さんの数が多いから当然っちゃ当然なんだけれども……。

桜の前にファロン王子が歩み寄り、視線を合わせる。身長差があるため、王子が見下ろす形でだが。なぜか腰《こし》に手をやり、偉《えら》そうなポーズをしている。

「こうして直接では初めて会うな。俺《おれ》がお前の兄のファロンだ！」

「頭悪そう」

「ハッキリ言いやがった⁉」

僕もちょっと思っていたことを桜がズバン！　と言い放った。兄とて遠慮《えんりょ》なしか。や、兄と認識《にんしき》していないのかもしれないが。

「いや、僕もそう思う。頭悪そうな自己紹介《しょうかい》だよ、兄さんのは……」

「弟《ファレス》もか⁉」

隣の弟にもダメ出しされ、なにやらショックを受けるファロン。あ、これ親子だわ。桜にすげなくされた時の魔王陛下にそっくり。

固まった兄を尻目《しりめ》に今度は眼鏡のファレス王子が桜の前に出る。

「僕はファレス。ゼノアスの第二王子だ。といっても王位継承権《けいしょうけん》は剥奪《はくだつ》されてしまったけどね。その……母の一族の者が君にはすまないことをした……。謝ってすむことじゃないが、どうか許してほしい」

そう言ってファレスは深々と桜に頭を下げた。桜はいきなりの謝罪に目をパチクリとさせていたが、やがて、ああ、とひとりごちた。忘れてたな……。

かつて桜は命を狙《ねら》われた。王角を持つ者で一番魔力の高い者がゼノアスでは次期魔王となる。

王角を持たぬがために魔王の庶子《しょし》として育てられた桜であったが、成長してから突然《とつぜん》王角が現れた。しかも大きな魔力を持って。

このままでは次期魔王の座は桜のものになってしまう。そう考えた第二王子の亡《な》き母親の一族、その弟である男が、商人の伝手《つて》を使ってユーロンの暗殺者を雇《やと》い、桜に差し向けたのだ。

結果、桜は瀕死《ひんし》の重傷を負い、記憶《きおく》を無くした。今ではこうして記憶も戻《もど》り、事件の真相も暴《あば》かれて、犯人は断頭台の露《つゆ》と消えたけどな。

第二王子であるファレスに直接的な罪はない。しかし、彼《かれ》の亡母の一族によって桜が殺されかけたのは事実だ。これは彼にとってひとつのケジメなのだろう。

「気にしてない。あのことがあったから私は王様と出会えたし、みんなとも出会えた。ファレスも気にしないでいい」

「そうか……。強いんだな、君は」

「ん」

微笑むファレスに桜がコクリと頷《うなず》く。なにげにお兄さんを呼び捨てにしましたけど、いいんかな……。まあ、地球でも海外じゃ普通《ふつう》のことだし、気にすることもないか……と、思ったら気にしている人が一人。

「おい……。なんでお前がファルネーゼと仲良く話してるんだ。気安いぞ！　ちょっとは余に気を使え！」

「父上……。もうちょっと落ち着きを持たれた方がいいと思いますよ？」

「ん。魔王ウザい」

「もう息ぴったり⁉」

息子と娘からのウンザリ意見にショックを受ける魔王陛下。なんだかなぁ……。

「えーっと、魔王陛下？　王子お二人ともパーティーに出席されるんですよね？」

「あ？　あー……そうだ。二人ともまだ嫁がいないからな」

「珍《めずら》しいですね。婚約者《こんやくしゃ》もいらっしゃらないので？」

「こいつら選《え》り好《ごの》みすぎるんだ。この歳《とし》になっても女の一人もいないとは情けない。公王を見習え。なあ？」

なあ？　じゃないわい。一人はあんたの娘だぞ。

「へん。お、俺は理想が高いんだよ。その気になれば嫁の一人や二人……」

「典型的なヘタレ。望《のぞ》み薄」

「ぐっ……！」

長兄《ちょうけい》ファロンに遠慮ない言葉を突《つ》き立《た》てる妹さくら。向ける視線が魔王陛下と同じなんですど……。

一応王子様なんだから縁談《えんだん》の一つや二つあったりしないのかと思ったが、魔王族は寿《じゅ》命《みょう》が長いからあまり焦《あせ》ったりしない上に、結婚《けっこん》相手は自分で見つけるという風習があるそうで。

「ファレスは？」

「僕はあまり結婚に興味はないんだけど……。今回は無理矢理《むりやり》兄さんに付き合わされてね。まあ、リーフリースにも行ってみたかったし、相手が見つかればそれもいいかなって」

「ん。気負わない方がいい。きっといい相手が見つかる」

「おい、なんか俺の時と反応と違わないか……？」

長兄ファロンとは違い、次兄《じけい》ファレスには励ましの言葉を送る桜。うーん、性格的にファロンは魔王陛下寄りなんだよな……。魔王陛下ほどではないがウザいとか桜が思っていそうだ。

そんなことを僕が考えていると、ファレス王子が声をかけてきた。

「ところで公王陛下。ブリュンヒルドには素晴らしい書庫があると父上に聞いたのですが……」

「え？　あー……はい、ありますよ。僕は転移魔法《まほう》が使えるのでいろんな国々から集めた本を保管しています」

一瞬《いっしゅん》、バビロンの『図書館』を言われてるのかと思ってしまったが、違った。彼の言っているのはブリュンヒルドの城にある書庫のことだ。

世界同盟の会議終わりに王様たちにその書庫を見せたことがある。魔王陛下が伝えたのはそっちのことだろう。

バビロンにある本は原文が古代文字だったり、公開すると色々とまずいものもある。だけど役立つものが多いので、そこらを改定したものを城の方の書庫に置いてあるのだ。『図書館』の管理人、ファムに言われて世界中から集めた珍しい本も一緒に。

「今度その書庫を見せてもらいにブリュンヒルドへお伺《うかが》いしてもよろしいでしょうか。父上に聞いてからずっと気になっていて……」

「本がお好きなんですか？」

「ええ。食事も忘れるほどに。新たな知識を得ることは何事にも代えられない喜びです」

へえ。兄貴とは違って弟は知性派か。本好きってことはリリエル皇女と話が合うんじゃないかな。……いや、あっちのは特殊《とくしゅ》な本だし難しいか……。

まあ、書庫を見学するのは問題ないのでOKしといた。

その後、着替《きが》え等《など》の準備をするためゼノアス陣は去っていった。魔王陛下だけは残ろうとしたが、こっちも準備があるんじゃい。

さて、僕も着替えないと。タキシードを着るのは結婚式《けっこんしき》以来だな。ユミナたちとも別れ、僕はブリュンヒルド男性陣の控《ひか》え室《しつ》へと向かった。

◇ ◇ ◇

緩《ゆる》やかな旋律《せんりつ》が流れ始めると、ダンスホールにいた男女たちがゆっくりと踊《おど》り出す。

元々貴族の子女が多いこの舞踏会では、踊れない者の方が少ない。ブリュンヒルド《うち》の出席者はほとんどが貴族の子女ではないが、踊れるように基礎《きそ》だけは叩き込んである。

『舞踏会』とはいうが踊る踊らないは自由で、別に踊らなくてもいいのだ。ただ、誘《さそ》われた時に踊れないというのは楽しめないし、相手に恥《はじ》をかかせることもある……と、ユミナヤルーが言うので、うちの出席者には最低レベルのダンスは踊れるようになってもらった。

今踊っているのは最初に踊ってもらうように依頼《いらい》しておいた、各国における数名のダンスの得意な貴族子女たちである。それ以外のほとんどの参加者はホール周辺や庭園にいて、まだ様子を窺《うかが》っているといったところだろう。

仮面を付けているため、相手と話してみないことには始まらないからな。気が合えばダンスに誘うもよし、庭園を散歩するもよし。

だけどまずは同じ国の者同士で固まっているみたいだ。まあ、仕方ないっちゃ仕方ないのかもしれないけど。

「それでもちらほらと話しかけている者たちがいますよ。あっ、あれはうちの者ですね」

僕の隣にいたリーニエ国王が、ダンスホールの二階からハンドルのついたオペラグラスで階下を覗き込んでいた。リーニエだけではなく他の国もだが、各国自分のところの参加者にはなにか目印を付けているようだ。揃いのブローチとかカフスボタンだとか。

「クラウド様……あまり覗き見するのはどうかと思いますよ？　皆《みな》、一生の伴侶《はんりょ》を見つけるのに頑張《がんば》っているのですから」

「あ、いや、そういうつもりじゃなかったんだ。ちょっと気になったものだから」

僕《ぼく》の反対側にいた婚約者に窘《たしな》められると、リーニエ国王クラウドは手にしていたオペラグラスを慌てて僕に返してきた。

パルーフ王国の第一王女、リュシエンヌ・ディア・パルーフ。現パルーフ国王であるエルネスト少年王の姉であり、数《すう》ヶ《か》月《げつ》後にはリーニエ王妃となる。派手さはないが落ち着きのある優《やさ》しい女性だ。

リュシエンヌ王女はああ言ったが、実際のところリーニエ国王と同じように、何名かの者が二階のこの回廊ギャラリーから階下のダンスホールを眺《なが》めていた。

参加者の中には自分たちの息子や娘、兄弟姉妹がいる者も多い。気にするな、という方が無理である。

視線を二階に戻せば、回廊の奥《おく》にある大広間では各国の重臣たちがシャンパン片手に挨拶回りをしていた。僕ら国王組も先程《さきほど》軽く自己紹介と挨拶を交《か》わしたところである。

裏世界……西方大陸の代表らとはまだ付き合いが浅い人たちもいる。西方大陸で一番多くの国と関《かか》わっているのは間違《まちが》いなく僕だ。その間を取り持ち、互《たが》いに挨拶しやすいように立ち回らなきゃならなかった。正直めんどい……が、これもお仕事。ちゃんとやりましたよ。

ま、とりあえずひと通りの挨拶は終わったので、ちょっと休憩《きゅうけい》していたわけで。

リュシエンヌ王女が大広間の方に視線を向ける。

「久しぶりにエルネストも同年代の子たちに交ざって楽しそうですわ」

「いつもは大人たちの中に交ざってますからね。やっぱり僕らよりは向こうの方が気負いなく話せるのかな」

リュシエンヌ王女の視線の先には、弟であるパルーフの少年王とその婚約者レイチェル、ミスミドのレムザ第一王子とアルバ第二王子、ハノック王国のライラック第一王女にミルネア第二王女、そして元・ガルディオ帝国《ていこく》第一皇子……今はレーヴェ辺境伯《へんきょうはく》となったルクレシオン少年が話し合っていた。

全員十歳前後の少年少女たちである。やはり同年代の方が話しかけやすいのか、炎国《えんこく》ダウバーンの新国王アキームと、同じく氷国ザードニアの新国王フロストは、レスティア騎士王のラインハルト義兄さんと話し合っていた。新国王仲間だね。まあ、僕もお隣のリーニエ国王も新国王《おなかま》だが。

ユミナたちも王妃様たちの中に交じり、楽しそうにおしゃべりをしている。王妃としての心得的なものを聞いているのかもしれない。こういった場に不慣れなエルゼやリンゼ、八重に桜は明らかに笑顔が硬《かた》かったが。ま、今は仕方がないよね。そのうち自然に振る舞えるようになるだろう。

各国の国王たちもそれぞれいくつかのグループに分かれ、歓談《かんだん》を楽しんでいるようだった。こっちは問題なく進みそうだ。さて、向こうはどうなっているかな。

数曲終わったところで、僕はリーニエ国王らと別れ、バルコニーの方へと足を向ける。

バルコニーからは下の中庭で話し合う参加者の姿が見えた。しどろもどろになりつつも女性に話しかける男性や、野外に置かれたテーブルでお茶を楽しむ女性たちなど、みな思い思いに楽しんでいるようだ。こっちもいい感じだな。

まあ、それはそれとして。

意外と言ったら失礼なのだが。ミスミドの獣王《じゅうおう》や、フェルゼンの魔法王、ラーゼ武王国の武王、イグレット王国の太陽王など、武芸に秀《ひい》でた王様連中が揃ってこのバルコニーにいるのがなんとも不思議だ。あまり他人の恋愛事《れんあいごと》には関心がないタイプだと思うのだけども。

先ほどからなにやら楽しそうに階下の参加者たちを眺めている。……なにか企《たくら》んでやしないだろうな？

「お。公王陛下も見物に来たのか？」

「見物？」

バルコニーに足を踏《ふ》み入《い》れた僕を、ミスミドの獣王がシャンパン片手に出迎《でむか》えた。

見物ってなんだ？　なにかのパフォーマンスをする予定はなかったはずだが。まあ、恋《こい》の行方《ゆくえ》を見物といえば見物かもしれないが。

辺りを見渡《みわた》すとなぜかバルコニーにはリーフリースの回復師たちがいる。誰《だれ》か気分が悪くなったのかな？

「えっと、なにかあったんですか？」

「なにかあった、というか、これから起こるかも、というか、な」

苦笑混じりにフェルゼンの魔法王がミスミド獣王と顔を見合わせる。

「こういった席には付きもののやつさ。そろそろかな、と思うのだが」

わけがわからん。首をひねっていると、イグレット国王がポン、僕の肩《かた》を叩いた。いつものネイティブアメリカンな民族衣装ではなく、シックなタキシード姿ってのはなかなかにレアな姿だな。ビシッと決まっている。もともと男前なので、なにを着ても似合いそうだけど。そりゃ七人も奥さんがいるはずだ。

「公王は独身時代、こういったパーティーにあまり出席した経験がないのではないか？」

「そりゃまあ……冒険者《ぼうけんしゃ》でしたし。身内とか同盟内でのパーティーには参加したりしましたけど」

「彼らは若い。若いが故《ゆえ》、自分を曲げぬ。曲げぬ者同士、時にはその主張がぶつかることもある。故に……」

イグレット国王の言葉を遮《さえぎ》るように中庭から言い争う声が聞こえてきた。なんだ？

「おっと、始まってしまったか」

「始まった？」

イグレット国王とともにバルコニーから中庭を見下ろすと、二人の男性が仮面を被ったまま睨《にら》み合《あ》っている。二人とも一触即発《いっしょくそくはつ》といった雰囲気で、周りの人たちはそれを遠巻きに眺めていた。

「ケンカか？」

「まあ、そうだな。こういった席ではよくあることだ。大概《たいがい》は親や主君が出張ってきて矛《ほこ》を収めようとするが、そうじゃない場合もある。決闘《けっとう》とかな」

「決闘!?」

ちょ、決闘って殺し合いじゃないの!?　さすがにそれはマズいだろ！

「慌てるな。さすがに命のやり取りなどさせんよ。こういった場合、ルールを決めて勝負をさせるだけだ。どっちが勝っても負けても遺恨《いこん》を残さないことを条件にな。それを破れば恥知《はじし》らずと罵《ののし》られることになる」

「ルールを決めて？　……それって駆《か》けっことかでもいいわけ？」

「うーむ、それはあまり聞いたことがないが……。馬での速さ勝負をしたという話は聞いたことがあるぞ。どうだ、平和的だろう？」

　確かにずいぶんと平和的な決闘だな……。まあ、命のやり取りよりは遥《はる》かにマシだけど……。こういった揉《も》め事《ごと》は当事者だけで決着を付けるのが一番いいというのはわかる。平和的な勝負で決まるのならそれにこしたことはない。

「大概は殴《なぐ》り合いだけどな」

「平和的とはいったい……？」

　ダメじゃん！　思いっきり暴力的じゃん！　いつの間にか横にいたフェルゼン国王陛下がカラカラと笑う。

「若いころはそれぐらいの方がいいのよ。変に溜《た》め込むより、発散させてやった方がいい。そのためにちゃんと回復師たちも控えているしな」

　それでか！　なんでこんなところにいるのかと……！　準備よすぎるだろ……こういったパーティーでは日常的によくあることなのか？　人が集まれば揉め事も増えるのは仕方のないことだけど……。

「あの仮面はそう簡単に取れたりはしないんだろう？」

「え？　ああ、そうですね。ぶつかったりで外れたら元も子もないんで、あらかじめ決められた言葉《キーワード》を唱えないと外れません」

「てことは、王子だろうと貴族の三男坊《さんなんぼう》だろうと、身分とか関係なしにやれるわけだ。本来なら同じ身分じゃなけりゃ仲裁《ちゅうさい》が入って終わりだからなぁ」

「うむ。男同士の戦いに身分など無用。己《おのれ》の拳で信じる道を突き進《すす》むのみ」

ミスミドの獣王とラーゼの武王が笑みを浮《う》かべて眼下の二人を見下ろす。いいのかそれで……。

その後二人の間に立会人が入り、殴り合いが始まるかと思いきや、二人とも立会人とともに庭園の奥へと消えていく。それに伴《ともな》い何人かのギャラリーもその後についていった。

「さすがに周りの迷惑《めいわく》になると気がついたか。場所を変えるようだな。どれ、ワシらも行くとするか」

「結局は野次馬《やじうま》じゃないですか……」

「ハハハ！　今日見るべきは色恋《いろこい》よりも男の意地の張り合いだ！」

呆《あき》れる僕の前から脳筋国王らが風のように去って行く。いや、色恋が今日のメインだろ……。

「ったく……」

あの人らのように野次馬にいく参加者もいるようだが、ほとんどの人たちは中庭に残って、会話を楽しんでいたりした。すでに狙いを決めて動いている者も多い。

一人の女性が複数の男性を、また逆に一人の男性が複数の女性の相手をしているグループもある。容姿など仮面の効果でわからないのに、モテる人はモテる要素が滲《にじ》み出《で》ているのかねえ。

会話の内容や仕草、物腰《ものごし》、状況《じょうきょう》の対応……そういったところで人となりというものは出るんだろうな。

「……あれ？」

ふと、眼下の中庭にいる一人の人物に目が留まる。パーティーを楽しむ人たちから離《はな》れて、その女性は一人中庭の木にもたれ、俯《うつむ》いていた。

それだけならいわゆる『壁《かべ》の花』と言われる、パーティーで自分から動けない消極的な女性だと思っただろう。

しかしその人物は絶対にそれには当てはまらないと思う。

なぜなら俯いているその視線は手元のスマホに向けられていて、なにかをブツブツとつぶやきながら高速で打ち込んでいたからだ。

博士が作った量産型スマホを持っている者は少ない。同盟国のトップとその重臣、あとは僕の友人などに限られる。二階の別会場にいる人たちならともかく、パーティーの参加者だとブリュンヒルド《うち》の人間を除けば数える程《ほど》だ。

っていうか、アレ絶対リリエル皇女だろ……。

鬼気迫《ききせま》るオーラを放ちながら、止《とど》まることなくその指はスマホの上で躍《おど》り続ける。いや、向こうで踊れって話だが。間違いなく原稿《げんこう》を書いているな……。

こんなところリーフリース皇王に見られたらまた取り上げられるぞ。まったく反省していないじゃないか。

「おう。こんなところにいたのか、冬夜殿」

「っとお!?」

「っとお？」

噂《うわさ》をすれば影《かげ》とばかりに父親登場。振《ふ》り向くとそこにはグラスを手にしたリーフリース皇王と、ベルファスト国王、エルフラウ女王が立っていた。

「とっ、とうとう始まりましたね！　いやあ、楽しいなあ！」

「うん？　いや、まあ楽しんでくれているならけっこうだが……」

誤魔化《ごまか》すように笑いながら僕は早足で前に出る。なんてったって父親だ。あの姿を見たら仮面を被っていてもリリエル皇女だとわかる。僕でもわかったくらいだし。

「えっと、あっ、そっ、そういえばリディス皇子は？」

「ああ、リディスなら向こうで……」

「向こうですか！　あ、婚約《こんやく》祝いの品を贈《おく》りたいのですが、連れていってもらえませんか!?」

我ながら強引《ごういん》だと思うけど、とにかくここから皇王陛下を引《ひ》き離さないといけない。リリエル皇女の弟、リディス皇子とミスミドのティア王女との婚約発表はずいぶん前だが、祝いの品を贈ってはいない。国としては贈ったけど、個人としてはまだだ。

「ほほう。冬夜殿の贈り物《もの》か。また何か変わった物なんだろう？」

「ええ、それはもう。新婚旅行先で買った世にも珍しい品物です。リディス皇子にも喜んでもらえるかと」

横から飛んできたベルファスト国王の声に頷きながら、三人を再び回廊《ギャラリー》の方へと誘導《ゆうどう》する。

んもー、なんで僕がこんなフォローをしてるんだろ……。

すぐさまリディス皇子とティア王女を見つけたので、【ストレージ】から地球でいくつも買ったお土産《みやげ》の中から目的のものを取り出す。

「これは……！」

「わあ！　綺麗《きれい》……！」

僕が取り出したその水晶球《すいしょうきゅう》のような物の中には、小さな家とトナカイのミニチュアが液体とともに入っており、キラキラとした小片《しょうへん》がその中をまるで雪のように舞《ま》っていた。

これは『スノーグローブ』、日本では『スノードーム』と呼ばれるものだ。お土産屋さんで売っていたものをいくつか買っておいてよかったな。

二人にスノーグローブを手渡《てわた》すとすごく喜んでくれた。ひっくり返したりしながらキラキラと降り注ぐ景色を眺めている。

「これはエルフラウのお土産かな？」

「あーっと、いえ、違《ちが》う国の、ですね」

まさか別世界の、とは言えず、ベルファスト国王陛下の質問を適当に躱《かわ》す。【プログラム】の魔法をかけて、ひっくり返さなくても中の雪が舞うようにしたものも二人に渡《わた》した。

「ふむ……。確かにこれは素晴《すば》らしいものですね。雪国の美しさをよく表しています。これは……売れますね」

手渡した二人以上にスノーグローブを眺めていたエルフラウ女王の目がキランと光る。

その表情は姪《めい》のギルドマスター、レリシャさんとよく似ていた。

のちにスノーグローブがエルフラウ王国の特産品として世に出されていくのを僕は予感した。

◇　◇　◇

「ああもう、なんでこんな時にこんな催《もよお》しに出なきゃならないのよ……！」

私はスマホで文字を打ちながら、小さな声で愚痴《ぐち》を漏《も》らした。締切《しめきり》は明日の朝まで。なんとか今日中に完成させて、部屋に置いてある魔道具で印刷した原稿を朝イチで担当者に渡さなければならない。

時間がない。ただでさえスマホを取り上げられていた時間を無駄《むだ》にしている。更《さら》にこのパーティーの衣装合わせやら、同じリーフリース貴族への挨拶やらで貴重な時間を消費しているのだ。

気ばかり焦り、打ち間違いが増える。その都度修正してまた間違いがないか確認《かくにん》する。イライラと気持ちがどんどんささくれていくのが自分でもわかるが、どうしようもない。

「すみません、お一人ですか？」

「……一人ですが、なにか？」

またか。ちらりと顔を上げると黄金の仮面をつけた男性がシャンパンのグラスを持って立っていた。

声をかけられるのはこれで四度目だ。それが鬱陶《うっとう》しくてホールからこっちへと移ってきたのに。仮面を被《かぶ》っているのに、なぜ他《ほか》の人じゃなく私の方へ声をかけてくるのだろう。

「よろしければお話をと」

「間に合ってます。他へどうぞ」

「ははっ、つれないなあ」

今までの三人はこれで撃退《げきたい》できたのに、その男は馴《な》れ馴れしく横へとやってきた。そして私の方を覗《のぞ》き込んでくる。もう、なんなの。

「それってブリュンヒルドで作られているっていう魔道具だよね？　ひょっとして君、ブリュンヒルドの人？」

「違います。これは……あっ」

「へえ……」

しまった、と思った時には遅《おそ》かった。ブリュンヒルド公王の作ったスマホの所有者は、関係者でなければ他国の王族、もしくはその重臣に限られる。これでは自分でその身分を明かしたようなものだ。

そうか、今まで声をかけてきた男性たちもスマホ《これ》を見て声をかけてきたのか。

「もういいでしょ。あっちに行ってくださらない？」

「そんなこと言わないでさ。向こうに美味《おい》しいお酒があるんだよ。そっちで一緒に飲まないか？　きっと楽しいからさ」

しつこく食い下がる男に嫌気《いやけ》が差し、スマホの電源を切ってドレスのポケットに入れる。向こうが立ち去らないなら、こっちから離れるだけだ。

そう思い歩き出した私の腕を、男の手が無遠慮《ぶえんりょ》にがっしりと掴《つか》む。

「やめてよ！　放して！」

「放したら一緒に飲んでくれる？　一杯《いっぱい》だけ！　一杯だけでいいからさ――」

にやりと笑うその男を見て、私の身体中《からだじゅう》にぞわりとした不快感が走る。上半分を覆《おお》う仮面で直接の表情はあまりわからないが、そのぶんその下心や野心といった感情が透《す》けて見える気がした。

怖《こわ》い。乱暴に掴まれた腕が震《ふる》える。ここで身分を明かして誰かに助けを求めれば、無事にすむのかもしれない。けれどそれはこのパーティーを台無しにするということだ。主催者《しゅさいしゃ》であるお父様の顔に泥《どろ》を塗《ぬ》ることにもなりかねない。

「とにかくここじゃなんだし、あっちへ行こうよ。大丈夫《だいじょうぶ》、なにもしないから」

「いやっ……！」

ぐいっと引き寄せられる力に私は抵抗《ていこう》もできず、連れて行かれそうになる。やめて！　放して！

「その方は嫌がっているようですが」

「あ？」

不意にかけられた声に黄金仮面の男と私は前を向く。そこにはシンプルな黒い仮面に黒いタキシードを着た男性が立っていた。

「なんだお前……？　邪魔《じゃま》すんなよ」

「いえ、邪魔するつもりはなかったのですが。そちらの女性が嫌がっているように見えましたので。余計なお世話でしたか？」

私の方を向いて、黒仮面の男性が尋《たず》ねてくる。私はそれにぶんぶんと首を横に振り、掴んでいた男の手を必死に振り払《はら》って、黒仮面の男性の方へと走り寄った。

「大丈夫ですか？」

「は、はい……」

まだ手が震え、とても大丈夫とは言えなかったが、とりあえずそう答えることができた。

「こちらの方は気分が悪いようなので、どうぞお引き取りを。他の方をお誘いした方がよいと思いますよ？」

「横からしゃしゃり出てきて、勝手なこと抜《ぬ》かすな！　このっ……！　ぐっ⁉」

私の時のように金仮面の男の手が乱暴に伸《の》びる。しかし黒仮面の男性はそれをスッと避《よ》け、腕を取って相手の背中に回り、ねじり上げてしまった。慣れた動きだ。騎士《きし》だろうか。

「……これ以上やるなら本気でお相手致《いた》しますが？」

「くっ、そ……放せ、この野郎《やろう》！」

金仮面の言葉に黒仮面の男性がパッと手を放す。解放された金仮面は腕をさすりながら、『ちっ！』と大きな舌打ちをして去っていった。

男が去ったことに私はホッと安堵《あんど》の気持ちを覚えた。先ほど騒《さわ》ぎがあった男たちのように、決闘のような争いが始まってしまうのではと思ったからだ。

安心したら急に力が抜けてしまった。

「おっと」

「あ……」

地面にへたり込みそうになる私を黒仮面の男性が支えてくれた。同じように腕を掴まれているのに、先ほどの男のような嫌悪感《けんおかん》は覚えない。それどころか不思議な安堵感《あんどかん》を抱《いだ》いた。なんだろう、この気持ちは。

近くのベンチに腰を下ろし、気分を落ち着かせる。

「大丈夫ですか？　冷たい水を持ってきましょうか？」

「い、いえ。大丈夫です。助けて下さり、ありがとうございます……」

あらためて礼を述べると、黒仮面さんはわずかに微笑《ほほえ》んだような気がした。仮面のせいでその笑顔《えがお》が見られないのが少しもどかしい。……なんで？

「では、私はこれで。失礼致します」

「あっ、あの！　も、もうちょっとだけここにいてもらえます……か？　その、さ、さっきの人が戻ってくるかもしれないので……」

一礼して立ち去ろうとする黒仮面さんに、私はなぜか慌《あわ》てて声をかけてしまった。焦ったせいで声が変に裏返ってしまい、恥《は》ずかしくなる。

「そうですね。ではもう少しだけ」

「は、はい！　ありがとうございます！」

そう言って黒仮面さんは私の横に腰を下ろしてくれた。

しばしの沈黙《ちんもく》。なにか話さないといけないと思いつつも、なにも頭に浮かばない。仮にも作家、なにか話題はないのかと必死で言葉を探すが、出てくるのはとても初対面の男性と話せるような話題じゃないものばかり。えーっと、えーっと。

「きっ、今日は暖かいですねっ！」

「そうですね」

しまった……！　天気の話題って！　それ一番つまんないやつだから！

つ、次！　次の話題をなにか……！　なにかないか、なにかないか。頭の中がぐるぐると回り、わけがわからなくなってきた。

普通に話もできないなんて……みっともない。……自分の情けなさに涙《なみだ》が出てきた。

そんな私に横から真白いハンカチが差し出される。

「無理しないでいいですよ。貴女《あなた》が落ち着くまでここにいますから」

「すびば、せん……」

たぶん、さっきの男のことで泣いていると思われたんだろう。そのことを訂正《ていせい》する気にもなれず、私は借りたハンカチで涙を拭《ふ》いた。

やがて気持ちも落ち着いて、黒仮面さんが立ち去った後も、私はそのベンチで青い空を一人見上げていた。

◇　◇　◇

「おっと。ちょっと失礼します」

懐《ふところ》の中で震えたスマホに反応して、僕は歓談の輪の中から外れた。

人の少ない隅《すみ》の方でスマホを取り出して着信メールを確認する。んん？　雫《しずく》から？　舞《ぶ》踏会《とうかい》参加中になにメールを送って来てんだ……って、む？

うちの諜報部《ちょうほうぶ》、椿《つばき》さん配下のくのいち三人娘《むすめ》の一人、霧隠《きりがくれ》雫から送られたメールのタイトルを見て、僕は眉根《まゆね》を寄せた。

『不《ふ》審者《しんしゃ》発見。』と書かれたタイトルのメールには、一枚の写真が添付《てんぷ》されていた。薄桃《うすもも》色《いろ》のドレスを着て、赤いドミノマスクをした女性が写っている。一見なんてことはない普通の女性だが……。なにが不審なんだろう？

「どうしたの？　変な顔して」

写真を凝視《ぎょうし》していたらエルゼが声をかけてきた。……変な顔ってことはないでしょう。あなたの旦那《だんな》さんですよ？

「ああ、いや。こんなメールが来てね」

隠《かく》すことでもないので、エルゼにも見せる。ひょっとしたら女性視点で見るとなにか不審なところがあるのかもしれない。

「……胸が大きいわね。怪《あや》しいわ。パットかしら」

「や、そういう不審とは違うと思いますが」

変な視点で写真を睨みつけるエルゼ。確かに大きいとは思うけど、さすがにそんな理由で送りつけてきたりはしまい。しないよな？　そういや雫もエルゼと同じくなかなかに薄い……。

「いてって！」

「……今なんか失礼なこと考えたでしょう？」

二《に》の腕《うで》を抓《つね》らないで！　かなり痛いから！　ったく、僕のお嫁《よめ》さんたちはこういった勘《かん》が鋭《するど》すぎて困る！

仕方ない。パーティー中、電話をするわけにもいかないし、ちょっと本人に聞いてくるか。

幸い僕の服もパーティー用で、参加者たちとそれほど変わらない。仮面を付ければ階下の人たちに交ざっても誰もわからないだろ。

「じゃ、ちょっと行ってくる」

「ちょ、待ちなさいよ！　あたしも少し抜けたい！」

えー……。抜けたいって。まあ、慣れないパーティーで疲《つか》れるのはわかるけどさ。これもある意味仕事ですよ？

逡巡《しゅんじゅん》する僕に上目遣《うわめづか》いでエルゼが両手を合わせ、おねだりしてくる。

「いいでしょ？　ちょっとだけ。ね？」

「……ちょっとだけなら」

「やった！」

くそう。こんな可愛《かわい》い奥さんにおねだりされたら断れるわけないだろ。だんだんとエルゼもこういった面でしたたかになってきた気がする……。

仕方ない。他のみんなには悪いけど、ちょっとだけ抜けさせてもらうか。

そう思い、移動しようとした僕らのところへ、ススススと、どこからともなく桜が近寄ってきた。

「二人だけ逃《に》げるなんてズルい。私も行く」

「聞いてたのね……」

「ふふん。私の耳は地獄耳《じごくみみ》。王様からの贈り物」

桜がドヤ顔を僕に向けてくる。……可愛い。いやまあ、確かに桜の眷属《けんぞく》特性『超聴覚《ちょうちょうかく》』は僕の眷属になったから生まれたものだとは思うけどさ。

「それに魔王《まおう》がなにかと付きまとってきてウザい。ちょっと逃げたい」

「あー……確かに不自然なくらい桜の会話に割り込んできてたわね。『ゼノアスもその話には興味がある』とか言って」

魔王陛下としては公式で桜とおおっぴらに話せるあまりない機会だからなあ。わからないでもないけど。

「王様、早く行こ？　魔王に見つかる前に」

「はいはい」

魔王陛下に恨《うら》まれないといいけどなあ。今さらだけど。

【テレポート】でいったん二人と一階の控え室に移動し、僕が取り出した仮面を付けてもらう。僕は問題ないが、エルゼのドレスや桜の髪《かみ》は少々目立つので、【ミラージュ】で地味なものへと偽装《ぎそう》させた。

「えーっと雫は……っと」

スマホで検索《けんさく》すると、雫は中庭の一角にいるようだ。仮面を付けているため肉眼では誰かわからないが、これならすぐにわかる。

僕らは控え室から出ると、そのまま廊下《ろうか》を抜けてダンスホールへと出た。踊っている仮面の紳士淑女《しんししゆくじょ》を横目にそこを通《とお》り抜けて中庭へと向かう。

途中《とちゅう》でエルゼが参加者の男性に声をかけられそうになり、反射的に僕の腕を取って歩き出した。

「お、お互いこの方がいいでしょ。ふっ、夫婦《ふうふ》なんだし、おかしくないわよねっ！」

少し赤くなったエルゼが早口でまくし立てる。いや、独身者が出るパーティーだし、夫婦かどうかは周りの人達《たち》にはわからないと思うけど、僕的には嬉《うれ》しいから全然ＯＫだ。

「私も」

桜も反対側からしがみついてくる。お見合いのような場でこの状態は目立つなあ……。

中庭に出ると、出席者は何組かのグループになってわいわいと楽しんでいるようだった。

あれ、さっきまであそこにリリエル皇女がいたんだけど、今はいないな。どっかにいったのかな？　スマホで原稿を書いているのをリーフリース皇王に見つからなきゃいいけど。

「おっと、あれが雫か」

「あの人？　仮面の効果でわからないわね……」

確かに。中庭の噴水《ふんすい》近くに立つその少女は、仮面を被っているとはいえまったく雫の面影がない。まあ、そう思わせられているだけなのだが。

認識阻害《にんしきそがい》の効果がばっちり出てるな。念のため『神眼』で確認すると、仮面の下に見知った雫の顔が見えた。うん、間違いない。

「雫」

「えっ？　なんで私の名前を……。あっ、陛下……！」

身構える雫に素早《すばや》く仮面をズラして僕は素顔《すがお》を見せた。この仮面は他人にはそう簡単に外せないようになっているが、本人なら普通《ふつう》に外せる。

「メールを見て来た。あ、こっちはエルゼと桜だから大丈夫だよ」

「あ、そうなんですね。お手を煩《わずら》わせてすみません」

「別にいいわ。ちょうど抜けたい気分だったし。で、その不審者ってのはどこ？」

「あそこです」

雫が視線を向けた先、五人のグループの中にその人物がいた。写真と同じく薄桃色のドレスを着て、金髪《きんぱつ》の髪をまとめてアップにしている。年《とし》の頃《ころ》は僕らより少し上の二十歳《はたち》くらいか。首元には真珠《しんじゅ》のネックレス、耳にはサファイアのイヤリング。派手でも地味でもない、ごく普通の女性にしか見えないが……。まあ、胸は普通サイズじゃないってことだけはわかった。

「僕にはどこが不審なのかわからないんだけど……」

「わかりませんか？　私は他国に潜入《せんにゅう》するときや、城下町で情報を得るときに、よく変装をするのですけど……」

ああ、そういや面接の時、変装術が得意って言ってたな。一度見せてもらったことがあるが、それは見事だった。魔法《まほう》も使わずによくもこんな別人になりすますことができるもんだと感心したっけ。

「変装する際には衣装だけではなく、その変装する人物に合わせて仕草や話し方なんかも変えるんです。ちょっとしたことで露見《ろけん》することもありますから。だからよく人を観察をするのが癖《くせ》になっているんですけど……あの女性、なんかおかしいんです」

雫に言われてその女性を見てみるが、特におかしいところはないような。……あれ？ でもなんか……なんだ、この感じ。なんとなく不自然な感じが……。

「……綺麗過ぎるわね」

「え？　仮面をしているのにわかるのか？」

「違うわよ。顔じゃなくて動きが綺麗過ぎるのよ。ブレがないっていうか……。動きにまったく迷いがないの。まるで決められた動きを繰《く》り返《かえ》しているみたいに」

エルゼの言葉に注意深くもう一度観察してみる。……ああ、なんとなくわかった。笑い方や喋《しゃべ》る時の仕草がまったく一緒《いっしょ》なんだ。でも、単なる癖なのかもしれないしなあ。

「……王様。あの人、変」

「桜もなにか気付いたのか？」

なんだよー、僕《ぼく》だけ気付けないとかちょっと自信無くすわぁ……。よく『鈍《にぶ》い』とは言われるけれど、鈍いつもりはないんだけどなあ。

「あの人、心臓動いてないよ。心音が聞こえない」

「えっ⁉」

心臓が動いてないってどういうことだ？　まさかゾンビか⁉

……いや、ゾンビにしては動きが良すぎるだろ。ゾンビならあんなに明るくハキハキと話なんかできないはずだ。どういうことなんだろう。

心臓が動いてない、あるいは心臓がないのに生きているように動く……。

その時、僕の脳裏《のうり》にある仮定が浮かんだ。……まさかとは思うが……。

『神眼』で女性の仮面の下を覗く。そこには整った美しい顔があった。一般的《いっぱんてき》に見ても美人の部類だ。

僕はさらにその下、皮膚《ひふ》の先の先まで視覚を潜《もぐ》り込ませる。普通なら人体模型のようなあまり見たくはないビジョンが飛び込んでくるのだが、もし僕の考えている通りなら――

――。

「……やっぱりか」

「やっぱり？　何が見えたの？」

エルゼが金色に変化しているだろう僕の目を見て尋ねてきた。

「あの女性は人間じゃない。ゴレムだ」

「「ゴレム⁉」」

そう。おそらくあれは【擬人型《ぎじん》】と呼ばれるゴレムに違いない。

ゴレムは種類別に幾《いく》つかのタイプに分かれる。

まず【自律型】。独自で行動できるゴレム。大半はこのタイプ。人型、動物型、小人型と様々なバリエーションがある。『王冠《おうかん》』シリーズや、エルカ技師のフェンリルなんかがこのタイプだな。

独自に契約者《マスター》が必要であり、使い手による相性《あいしょう》で性能が向上したりする。フェンリルみたいに話ができるタイプもいるがかなり希少。

次に【搭乗型《とうじょう》】。使い手が搭乗して直《じか》に操《あやつ》る。自我《じが》がある半自律タイプのものもある。戦車型、トレーラー型、多脚型などがあり、魔工国《まこうこく》アイゼンガルドには巨大《きょだい》空中戦艦《せんかん》などもあるという噂も。聖王国アレントの商人サンチョさんが持つカニバスなんかはこれだ。

このタイプは契約《けいやく》が不必要だが、起動キーがいるらしい。工場《ファクトリー》で作られたものが多い。

遺跡発掘《いせきはっくつ》で見つかるものは稀《まれ》だとか。

【操作型】。【搭乗型】とほとんど同じだが、乗り込まず、契約者《マスター》がリモコンのようなものや、音声で操作して操る。本体のゴレムに意思はなく、自己判断ができないため、技量の差がハッキリと出るタイプだ。多数のゴレムで構築される軍機兵《ソルダート》なんかはこれに当たる。

【武装型】。使い手が身にまとったり、武器化したりするゴレム。変形機能を有し、もともと武器のような形をしていたり、そこから鎧《よろい》へと変化するものや、普通のゴレムから分解し、契約者が身にまとってパワードスーツみたいになるものもある。自律型の派生とも言えるか。そういや、アイゼンガルドで機甲兵《パンツァー》と呼ばれるゴレム使いと戦った（?）な。

そして【擬人型】。もともとは人の心を癒《いや》す医療《いりょう》看護系のために人に似せて作られたとも言われているが本当のところは定かではない。僕の持つ、『星《エトワール》』シリーズのルビー、サファ、エメラもこのタイプであるが、あくまで人間のような行動をするだけで、見た目はそこまで人間に近くない。

しかしアイゼンガルドの魔工王が使っていた影武者《かげむしゃ》や、黒の王冠・ノワールを持つノルンのとこにいるエルフラウさんなんかは人間そっくりでパッとは見分けがつかない。かなり貴重なタイプで滅多《めった》に見つからないと言われている。あそこにいるゴレムもこの貴重なタイプなのだろう。

しかしその擬人型ゴレムがなんでこの舞踏会にいるんだ?

「どうするの、王様?」

「どうするって言われてもなあ……」

「参加資格に『ゴレムは参加できない』とはなかった」

いや、確かになかったけどさ。人生のパートナーを探しにきたとは思えないんだけどな。まだ何もしてはいないようだが、だからといって放置していいことではないよな。

「とにかく主催者であるリーフリース皇王陛下に知らせるか……」

その前に、と。

『神眼』で見えた仮面の下の顔を【ドローイング】で紙に写す。これを見せればどこの誰《だれ》か判別がつくはずだ。

エルゼと桜、それに雫に監視《かんし》を任せ、僕は皇王陛下のいる二階へと【テレポート】で跳《と》んだ。


「間違《まちが》いありません。これはうちのイメルダ嬢《じょう》です。彼女《かのじょ》が擬人型のゴレムだなんて……。公王陛下、それは本当なのですか？」

元ガルディオ帝国《ていこく》の皇太子、今はレーヴェ辺境伯《へんきょうはく》となったルクレシオン少年が紙に写った姿絵を見て尋ねてくる。

「残念ながら。……ガルディオ皇帝《こうてい》陛下はこのことを知っていましたか？」

僕はルクレシオンの隣《となり》に立つ、若き皇帝、ランスレット・リグ・ガルディオに矛先《ほこさき》を向ける。

「……いや、知らない。なにがどうなっているのかさっぱりだ」

ガルディオの皇帝陛下が首を横に振る。ちらっと視界に隅にいるラミッシュ教皇猊下《げいか》に視線を送ると、小さく微笑んで頷《うなず》いていた。『真偽《しんぎ》の魔眼』で視《み》てくれたのだろう。どうやら皇帝陛下は嘘《うそ》は言っていないようだ。

となると、イメルダ嬢……イメルダ・トライオスの実家、トライオス伯爵家《はくしゃくけ》の単独行動なのだろうか。

「可能性として考えられるのは三つかしら。ひとつめ。イメルダ嬢は最初から擬人型ゴレムだった。この場合、イメルダという人間は存在しないことになるわね。ふたつめ。どこかで本物のイメルダ嬢と擬人型ゴレムが入《い》れ替《か》わった。これが可能性としてはありそうなところだわ。入れ替わった理由がこのパーティーに潜入するためなのか、それともトライオス家に潜入するためなのかはわからないけど。みっつめ。単にダーリンの見間違《みまちが》い
……」

「いやいや。桜も心臓の音がしないって言ってるんだから」

「わかってるわよ。あくまで可能性の話」

リーンの仮説に僕が反論すると、彼女は苦笑《くしょう》気味に微笑んだ。

「私は子供のころのイメルダ嬢に会ってますから、ひとつめもないと思います。ゴレムは成長しませんからね。少なくともイメルダという人間は存在してますよ」

ガルディオ皇帝陛下も元は上流貴族の出身だ。それなりにトライオス伯爵家との付き合いはあったのだろう。

となると入れ替わりか。トライオス伯爵家が関《かか》わっているのか、それともまったく関係のない第三者の差し金か……。本物のイメルダ嬢は果たして今も生きているのだろうか。

「とりあえずあのイメルダ嬢を捕《と》らえましょう。ガルディオ帝国としては見過ごすわけにはいきません」

「うむ。リーフリースとしてもそれには同意するが、あまり派手な捕物《とりもの》になると……。下手をすれば大騒《おおさわ》ぎになるな」

「しかし放置しておくわけにも。擬人型はゴレムスキルもなく、力も非力ですが、それでも人に危害を与《あた》えることはできます。手遅《ておく》れになっては……」

ガルディオ皇帝陛下とリーフリース皇王陛下が難しい顔をしながら話している。

皇王陛下の気持ちもわかる。せっかくの晴れやかな場を無粋《ぶすい》な事件で台無しにしたくないのだ。自分の娘も参加しているしな。

会場には武器などは持ち込めないし、さっき見たところ、魔工王の影武者のように武器が内蔵されているようでもなかった。だけどやる気になれば人ひとりくらいは殺すことだってできる。ま、それはすべての参加者に言えることだけどさ。

「ダーリン、ちょっと」

「ん？　なに？」

僕を手招いたリーンがある提案を囁《ささや》く。なるほど。それならあまり騒ぎにならずに捕えられるか。

「よし、じゃあちょっと行ってくるよ」

「ふふ。頑張《がんば》ってね」

リーンに見送られ、再び【テレポート】で僕はエルゼたちの下《もと》へと戻《もど》った。


「うまくいったわね」

エルゼが僕の背負うイメルダ嬢（に似たゴレム）を見て微笑む。

リーンの立てた作戦とは単純なもので、まず桜とエルゼが彼女たちの輪に入り、気を引く。そして【インビジブル】で姿を消した僕が背後から彼女の首筋に触《ふ》れ、【クラッキング】でゴレムの頭脳であるQクリスタルから伸びる神経回路《ナーヴライン》を閉鎖《へいさ》する。

Qクリスタルからの命令が止まれば、ゴレムは動きを止める。その場でくたっと倒《たお》れたイメルダ嬢をエルゼが素早く受け止め、貧血らしいと桜と二人で医務室へと運ぼうとしたところで、白々しく僕が登場。『それは大変だ！　私が運びましょう！』とイメルダ嬢を背負ってその場を脱出《だっしゅつ》。ミッションコンプリート。

しかしゴレムなのにずいぶんと軽いんだな。精巧《せいこう》な擬人型ってのはそこまで忠実に作られているのかね。それに背中に当たる二つのものがなんとも柔《やわ》らかく……なにでできているんだ、これは。

「……王様、やらしいこと考えてる？」

「なっ⁉　そっ、そんなわけないだろ！　こんな時に！」

「そーよねー、こんな時に奥《おく》さん二人を横にして、なにか比べてたりはしないわよねー」

「モチロンサ！」

エルゼの目が怖い。違うんだ、純粋《じゅんすい》に疑問に思っただけなんだ。

変な汗《あせ》をかきながら、人気《ひとけ》のないところで【ゲート】を開き、僕らは医務室へと転移した。

◇　◇　◇

ゴレムに関しては専門家を呼んだ方が早い。

てなわけでバビロンからエルカ技師を引っ張ってきた。ついでに博士まで付いてきてしまったが、これは仕方がない。フェンリルはメンテ中だったのでお留守番だ。

二人を連れてリーフリースの医務室へと戻ってくると、ガルディオ帝国の若き皇帝陛下とレーヴェ辺境伯であるルクレシオン少年、それにリーフリース皇王が待ち構えていた。周りにはお付きの騎士たちもいる。

真白きベッドの上にはイメルダ嬢（に、そっくりのゴレム）が横たわっている。パッと見はやっぱり人間にしか見えないよなあ。

エルカ技師がイメルダ嬢の目を開かせて覗き込み、喉元《のどもと》を指でつつつ、となぞる。

「確かにこの子は擬人型のゴレムね。それもかなり精巧な。『花《フルラージュ》』シリーズかな？　ああ、やっぱりそうだ」

エルカ技師が鎖骨《さこつ》と鎖骨の間を濡《ぬ》れたハンカチで擦《こす》ると、うっすらと花のような印章が浮《う》いてきた。ファンデーションのようなもので見えないようにしていたのか。

次にエルカ技師はイメルダ嬢の手首を取った。取り出した小さな針のようなもので手首の一点を刺《さ》すと、パシュッと、小さな音を立てて彼女の手の甲《こう》が蓋《ふた》のように開いた。中には小さな光が流れる何本もの透明《とうめい》な糸や、丸い水晶体《すいしょうたい》のようなものが見える。これで間違いない。彼女はゴレムだ。

一応、他の参加者も琥珀《こはく》たちの眷属に頼《たの》んで確認してみたが、擬人型のゴレムはいなかった。ゴレムには人の匂《にお》いがなく、それで判別できるんだそうだ。複数が送り込まれてなくてよかったよ。

「本当にゴレムだったなんて……」

「これは一体どうなっている？　何の目的があって人間そっくりのゴレムをこの会場に送り込んだのだ？」

驚《おど》いたままのルクレシオン少年と難しい顔で腕を組み、ガルディオ皇帝陛下へと視線を向けるリーフリース皇王陛下。教皇猊下の魔眼で、皇帝陛下は関わっていないことがわかったが、それでもこのイメルダ嬢はガルディオ帝国の参加者だ。

「それについては本国で現在調査中です。帝都《ていと》ガルレスタにあるトライオス伯爵家へ調査の者を向かわせました。すぐに連絡《れんらく》が……」

とガルディオ皇帝陛下が話しているタイミングで向こうから連絡がきたらしい。僕らから少し離《はな》れると、皇帝陛下は懐からスマホを取り出し、本国にいるのであろう相手と話し始めた。

博士の作った量産型スマホはそれぞれの国家代表とその家族、重臣などに与えられている。やっぱりこういった場合の連絡とかに使えるから便利だよな。

スマホを渡《わた》したことで王様や重臣たちの仕事が忙《いそが》しくなったとの話もよく聞くけど、まあそれは仕方ないので諦《あきら》めてもらいたい。

電話を終えた皇帝陛下が戻ってくる。

「トライオス伯爵家のイメルダ嬢が自室のクローゼットの中から発見されたそうです。幸い命に別状はないようですが、まだ昏睡《こんすい》状態だとか。まだはっきりとは言えませんが、そのゴレムはトライオス伯爵家とは関係なく入れ替わっていた可能性が高いです」

ふむ。だけど伯爵家が罪を逃《のが》れるために自作自演をした、という可能性もあるよね。だとしても目的がよくわからないけどなあ。

「そのトライオス伯爵家《はくしゃくけ》というのはどういった家なんです？」

「代々帝国に忠義を尽《つ》くしてきた由緒《ゆいしょ》ある家系です。現当主もそれにふさわしい人格者で、帝都における教育機関のひとつを任せております」

「ぼ、僕……いえ、私も皇太子の時にトライオス伯爵には何度もお会いしたことがあります。真面目《まじめ》で優《やさ》しい方でした。たぶん、このゴレムとは無関係かと思うんですけど……」

僕の質問に答えたガルディオ皇帝陛下に、ルクレシオン少年からのフォローが入る。どうやらトライオス伯爵家はシロのようだ。まだ全《すべ》ての疑いが晴れたわけではないが……。

眠《ねむ》ったように横たわるイメルダ嬢の顔をエルゼがじっくりと観察する。

「これって本人そっくりなの？　擬人型ゴレムの顔って好きに整形できるんだ？」

「ある程度は。普通に化粧《けしょう》なんかでも女は化けるでしょ？　人間と違《ちが》って骨格や体型、肉付きなんかも少しは変形させることができるわよ」

エルカ技師の言葉に桜とエルゼが、ジッとイメルダ嬢の盛り上がった二つの水蜜桃《すいみつとう》を睨《にら》みつける。

「……ズルい」

「ズルいわよね……」

いや、それはご本人と同じかどうかわからんけど。あかん。これはよくない流れだ。僕は話題を逸《そ》らそうと、ガルディオ皇帝陛下に話を振《ふ》った。

「そ、それにしても話し方とか行動とかで偽物《にせもの》かわからなかったんですか？」

「トライオス伯爵家のイメルダ嬢はあまり社交の場に出ない方でして。私も五年ぶりでしたし、身長も伸びて、成長したんだな、としか……。なんとなく面影《おもかげ》はありましたし」

社交嫌《ぎら》いか。そこらへんも狙《ねら》われた理由かもしれないな。あまり知り合いのいない人物の方が入れ替わるなら好都合だったに違いない。

「さて。となると、このゴレム本人から情報を得ないといけないわけだけど」

咥《くわ》えたアロマパイプをぴこぴこと動かしながらバビロン博士が横たわるイメルダ嬢を見やる。

「この子、再起動させて大丈夫かな。襲《おそ》ってきたりしない？」

「その可能性もないことはないけど、『花《フルラージュ》』シリーズの擬人型はそんなに戦闘力《せんとうりょく》はないからね。心配なら一応縛《しば》っとく？」

博士が不安を漏《も》らすと、エルカ技師は持参した工具箱から丈夫《じょうぶ》そうなロープを取り出した。なんでそんなの入ってんだろ……。

「あのさ、その前にこの子の契約者《マスター》権限を上書きしたらいいんじゃない？」

僕はさっきから考えていたことを博士とエルカ技師に提案してみた。誰かが新しい契約者《マスター》になってしまえば、縛る必要もないし、どうしてこんなことをしたのか理由も聞けるし。

「ふむふむ。つまり冬夜君はこの子からGキューブを取り出せと」

「え？　まあそうだけど……」

「気持ちはわかるけどねえ。ボクも擬人型ゴレムのおっぱいはどうなっているのか非常に興味があるし」

「違うよ⁉　お前と一緒にすんな！」

ゴレムの胸部ハッチを開くには、当然ながら服を脱《ぬ》がせなければならない。だけどそれは手段であって目的じゃないからな⁉

「ちょっと向こうで話しましょうか、旦那様《だんなさま》？」

「王様、妻《わたし》たちの前でそれはいけない……」

「ちょ、待って！　違うから！」

両サイドから奥さん二人にガッチリと固められ、連行されそうになる。

それを見て、エルカ技師が博士の頭に軽くチョップを入れた。

「こら、レジーナちゃん。新婚《しんこん》さんをからかわないの」

「いやあ、新婚生活における適度なスパイスをピリリと加味しようかと」

冗談《じょうだん》じゃない。あんたのはスパイスじゃなくて毒に決まってる。間に合ってるから余計なことすんな！

「ま、じゃあ仮って事で私が契約者《マスター》になっておくわ。今ならフェンリルがいないから、感応阻害《ジャミング》も起こらないしね。ほら男性陣《だんせいじん》はあっち向いた、あっち向いた」

エルカ技師に促《うなが》され、僕、リーフリース皇王、ガルディオ皇帝、ルクレシオン少年、それからお付きの男性騎士たちだけが一斉《いっせい》に壁《かべ》の方を向く。変態博士が契約者《マスター》になるよりはマシか。

部屋を出た方がいいのかなとも思ったが、すぐ終わるみたいだし別にいいか。

ごそごそと衣擦《きぬず》れの音がする。博士たちがイメルダ嬢の服を脱がせているのだろう。あ、やっぱりこれ外に出てた方がよかったな。ドアは反対の背中側だし、今から出て行くのはちょっと難しい。

パチッとなにかを外すような音がする。

「わ……！」

「うおう。こりゃなかなかのモノをお持ちで。フローラに迫《せま》る大きさだね。ふむ、柔らかさも本物そっくりだ。ほらエルゼ君、触《さわ》ってみたまえ」

「うわっ、すごっ……！　これなにでできてんの⁉　作り物とは思えないわ……！」

「重い……！　うぬう……。勝てない。これは勝てない……」

背中から聞こえてくる女性陣《じょせいじん》の会話になんともいたたまれない気持ちになる。やっぱり出て行くべきだったか。

僕らはまだいいとしても、ルクレシオン少年には目の……いや、耳の毒だ。見ろ、耳まで真っ赤になって俯《うつむ》いているじゃないか。

「悪いけど早くしてくれ。皇王陛下たちはパーティーに戻らないといけないんだからさ」

「はいはい、わかりましたよっと。【オープン】」

エルカ技師の言葉に続き、パシュッ、と空気が抜《ぬ》けるような音がした。胸部ハッチを開いたらしい。

カチャカチャと内部をいじる音がする。Gキューブを取り出して契約者《マスター》権限を上書きしているのだろう。

上書きされたGキューブを元に戻しても、僕が【クラッキング】で閉ざした神経回路《ナーヴライン》を開かない限り、イメルダ嬢は目覚めることはない。

「これでよし、っと。あとは服を着せないと。うーん、面倒《めんどう》だからブラはいいか」

「おい……」

面倒くさそうなエルカ技師に、僕は背中を向けたまま突っ込む。横にいるルクレシオン少年が、赤面したまま目をつぶって無心に何かをつぶやいていた。これ以上少年の心を乱すな。

「はいはい。少年にこの凶器《きようき》は目の毒だからね。ちゃんと着けますよっと。むう……やっぱり重いなあ……」

だからそういう感想はいらんというに。

やっと作業を終えた女性陣から許可をもらって振り向《む》くと、胸元《むなもと》のリボンやネックレスなどが外されて、いささか着《き》崩《くず》れてはいるが、元どおりベッドに横たわるイメルダ嬢がいた。

「んじゃ、冬夜君。神経回路《ナーヴライン》を開いてもらえる？」

「わかった」

イメルダ嬢の首の後ろに手をやり、【クラッキング】を発動させて、閉じていた神経回路《ナーヴライン》を開く。

イメルダ嬢はビクンッ、と一瞬《いっしゅん》大きく痙攣《けいれん》し、カッ、と目を開いた。

しかしその瞳《ひとみ》には光がなく、キョロキョロと視線を落ち着きなく動かしておきながら、どこも見ていない感じがする。全身が細かく痙攣し、まるで何かの発作《ほっさ》を起こしているみたいだ。

「だ、大丈夫《だいじょうぶ》なんだよな？」

「閉ざされていた神経回路《ナーヴラライン》が急に開かれたから、溜《た》められた情報を処理しているだけよ。じきにおさまるわ」

ならいいけどさ。人間そっくりのゴレムがこんな状態だとちょっと心配になるよ。

やがて動きを止めたイメルダ嬢が上半身を起こし、その口から全く別の機械音声が聞こえてきた。

『型式番号FR－006、個体名ハイドランジア、機能停止状態ヨリ復帰シマシタ。稼動《かどう》状態問題無シ。マスター登録変更《へんこう》ニヨリ、前マスターノ記録ヲ……』

「っ⁉　しまった！　冬夜君、その子の回路をもう一度閉じて！」

「えっ？　わ、わかった！」

叫《さけ》ぶエルカ技師に慌《あわ》てながら、僕は急いでイメルダ嬢の首に触れ、再び【クラッキング】を発動させた。カクンと首が落ち、またイメルダ嬢は気を失ったように動きを止める。なんなんだ、いったい？

『記録ヲ消……キヨシ……マァシィ……』

動きを止めてもまだ間延びしたような音声が漏れていたが、それも止まった。

「やられたわ……。まさかQクリスタルの方に細工をしていたなんて……！　よく考えてみればこの子は斥候《せっこう》。偵察《ていさつ》任務ならこうなることを見越《みこ》して保険をかけておくのは当たり前よね。ミスったわ」

悔《くや》しそうにエルカ技師が舌打ちをする。え、どういうことよ？

「基本的に古代機体《レガシィ》のゴレムにおける記憶《きおく》はね、頭にあるQクリスタルに記録されているの。細かな結晶体《けっしょうたい》のブロックでできたこの頭脳には、いくつかの層にわけて記憶をするところがあって、ゴレムとしての基本的行動や基礎《きそ》知識……契約者《マスター》に従うとか、自己の防衛とか、そういったものはそこに焼き付けてあるから基本、消せないの。だけど、契約者《マスター》が誰で、どんな命令を受けていたか、その他《ほか》、日常的な一時的記憶とかは別のブロックに記憶されていて……」

「ははあ。この子の契約者《マスター》はそれを消去するようにしておいたってことかな？　おそらくマスター権限が書《か》き換《か》えられたら発動するようになってたとか」

言葉を継《つ》いだバビロン博士にエルカ技師はこくりと頷く。え、それって記憶をリセットされたってこと⁉

「普通はやらないわ。だってそれって人間で言ったら長年積んできた経験を失うってことだからね。そもそも古代機体《レガシィ》のQクリスタルに手を加えられる人なんてほんの一握《ひとにぎ》りだし、したくてもできないのよ」

古代機体《レガシィ》のゴレムは遺跡《いせき》などから発掘《はっくつ》されたりする。幾星霜《いくせいそう》も機能停止に陥《おちい》ると、大抵《たいてい》のQクリスタルはこの部分を失うため、発掘されたゴレムには過去の記憶がないのが普通だ。

しかし『王冠』シリーズなど、ハイスペックな機体なら記憶を残していることもある。ユミナの白の『王冠』アルブスなんかがそれだな。

そういやアルブスにも適応者以外がハッチを開いたりすると、『リセット』能力が発動するようなトラップがあった。あれと同じもんか。

「……ってことは、黒幕の手がかりが消えたってこと？」

「ごめんなさい。私のミスだわ。ちょっと考えれば可能性のひとつとして気がついたかもしれないのに」

うーん、書き換えようって言ったのは僕だしなあ。なんか責任を感じるぞ。

「でもある程度、犯人を絞《しぼ》り込めるかもしれない。Qクリスタルをいじれるゴレム技師のなんて本当に何人かしかいないから。まあ、脅《おど》しで協力させられているとかの可能性もあるけど」

「となると……やはり五大マイスターですか？」

エルカ技師にガルディオ皇帝陛下が尋《たず》ねると、彼女は小さく頷いた。五大マイスター？　聞き返した僕にルクレシオン少年が教えてくれる。

「私たちの世界……ええと、西方大陸で有名なゴレム技師、及《およ》び製作者たちのことです。エルカ技師も『再生女王《レストアクイーン》』っていって、そのうちの一人なんですよ。あ、五大といっても最近一人亡《な》くなったので、実質四人なんですけど」

「そうなのか？」

「なに言ってんの。冬夜君がその原因でしょうが」

「え⁉　僕⁉」

呆《あき》れたようなエルカ技師の声に僕は心底驚く。え、なんかしたっけ⁉

「ほら、アイゼンガルドの魔工王。あの爺《じい》さんもそのうちの一人だったのよ」

ああ、そういう……。あんなんでも裏世界で五指に入る技術者だったわけか。確かにあの性格は置いといて、巨大ゴレム……決戦兵器《ヘカトンケイル》を現代に甦《よみがえ》らせたその実力は認めざるを得ない。あの爺さんも擬人型ゴレムを影武者に使っていたしな。

「魔工王とエルカ技師を除いた、残りの三人の所在は？」

「一人は『教授《プロフェッサー》』ね。冬夜君も会ったことあるでしょう？」

ああ、あのユーロンの暗殺者集団に囚《とら》われていた爺さんか。確かにわずかな材料で五体もの簡易的なゴレムを作ってしまったその腕《うで》はとんでもないよな。あの事件のあと、旅に出てしまったらしいが今はどこにいるんだろ？　また捕《つか》まったりしてないよな？

「教授《プロフェッサー》はこの件に関わってないと思うわ。今はブラウの定期メンテのため、パナシェス王国の王宮に滞在《たいざい》しているそうだから」

あ、カボチャパンツのとこにいるのか。

パナシェス王家の持つ青の王冠『ディストーション・ブラウ』。そのメンテのため、王宮に迎《むか》えられているらしい。

基本的に古代機体《レガシィ》、その中でも最高峰《さいこうほう》の『王冠』シリーズともなれば、扱《あつか》えるマイスターは限られてくる。当然といえば当然か。ニアもルージュが壊《こわ》れた時、エルカ技師に修復を頼んでいたな。

「残り二人は？」

「これがどっちとも行方《ゆくえ》知れずなのよね。『指揮者《マエストロ》』は人間嫌いだし、もう一人……一人っていうか集団なんだけど……『探索技師団《シーカーズ》』の夫婦《ふうふ》は風来坊《ふうらいぼう》だから、どこにいるのやら……」

そのどちらかがイメルダ嬢のすり替えに関わっている可能性が高いってことか。騙《だま》されたり、脅されてやらされたかもしれないが。

「手がかりはそれだけか……。目的はわからんが、今回は被害《ひがい》がなかっただけよかったと考えるべきなのかもしれんな」

リーフリース皇王が残念そうにつぶやく。一応、エルカ技師から特徴《とくちょう》を聞いてスマホで検索《けんさく》してみたが、見つからなかった。探索《たんさく》型のゴレムから逃れるために、護符《ごふ》のようなものを持っているのだろうとのこと。

どっちとも目立ちたくはないらしい。五大マイスターの腕は、どこの国でも欲《ほ》しがるものらしいからな。しつこい勧誘《かんゆう》を避《さ》けるためなんだろう。

「仕方ない。この件は後で調べることにしよう。パーティーをほったらかしにもできんしな」

「あ、あのう……」

リーフリース皇王が切り上げようとしたとき、おずおずとルクレシオン少年が手を挙げる。ん？

「わ、私なら、その、もう少し情報を得られるかもしれません」

「情報を……？　あっ、そうか！」

「【追憶《ついおく》の魔眼】か！」

ガルディオ皇帝陛下と僕はお互《たが》いに顔を見合わした。

ルクレシオン少年……元、ガルディオ帝国皇太子の彼《かれ》は魔眼持ちだ。【追憶の魔眼】という、物体に残る人の残留思念を認識《にんしき》できる魔眼を持っている。一種の物質感応能力者《サイコメトリスト》だ。

その能力を使えばイメルダ嬢に関わっていた人間が誰だかわかる。見えるものは断片的《だんぺんてき》なものらしいが、それだけでも充分《じゅうぶん》にありがたい。

「早く言ってくれれば良かったのに……」

「その、私の魔眼は誰かが強い思念をもって触れた場所じゃないとなかなか発動しないので……。こ、この場合、イメルダ嬢に触れなければならないと思うんですけど、そうなると……」

「ああ、おっぱいに直に触らないといけないわけだね。なるほど。若いねえ、少年」

「き、君に言われたくないな⁉」

見た目だけなら自分より年下のバビロン博士にニヤリと笑われて、ルクレシオンが真っ赤になって反論する。あー……少年。一応そいつ、この中で一番年上だ。

ルクレシオン少年の歳《とし》ならギリギリセクハラにはならん……かな。まあそれ以前に相手は人間じゃないし。いや、ゴレムにも感情ってのはあるらしいから、やはりセクハラになるんだろうか。

だが、ガルディオ皇帝陛下がいささか難色を示していた。立場上、彼はルクレシオン少年のことを前皇帝から頼まれているので、教育上よろしくないことはちょっと……というわけだ。堅《かた》いなあ。

「それならこうすればいいわ」

エルゼが長い髪《かみ》をまとめていた幅広《はばひろ》のリボンを解き、ルクレシオン少年の背後に回って目隠《めかく》しをする。

魔眼とはいうが、実際の視覚で見ているわけではない。要は触れさえすればいいのだから目隠しをしていても問題はないはずだ。

これならまあ、とガルディオ皇帝陛下も許可してくれた。

「はいはい。そっちの男どもはあっち向いてー」

「またかよ……」

後ろを向いた僕《ぼく》らの耳に『うわ、柔らかい……』と、おそらくは博士たちに先導されて胸に触れたであろうルクレシオン少年の声が届く。

これいいんかな、ホントに。目隠しの方がいろいろと想像してしまって、少年に悪影《あくえい》響《きょう》な気がしないでもない……。

「あ、見えてきました。……これは……！」

ルクレシオン少年がなにか掴《つか》んだようだ。その時の想《おも》いが強ければ強いほど、残留思念ってのはそこに焼きつくらしいから、さっきの博士たちの思念は見えないと思う……いや、待てよ。邪念《じゃねん》でいっぱいだったかもしれん。そんな思念に触れて、彼は大丈夫だろうか……。

「……全部が見えたわけではありませんが、ある程度はわかりました」

僕が要《い》らぬ心配をしている間に、ルクレシオン少年のサイコメトリーは終わったらしい。

衣服を直して横たわるイメルダ嬢の前で、ルクレシオン少年は目隠しを外す。

「で、なにが見えた？」

「見えたというか……私の魔眼は思念に触れるものなので、瞬間的《しゅんかんてき》な映像とその映像とはまったくズレた心の声のようなものが把握《はあく》できるんです。見えたのは山積みになったゴレムのパーツと、旗に描《えが》かれた交差した二つのハンマー……」

「なにっ⁉」

その言葉にガルディオ皇帝が驚き、ルクレシオン少年が小さく頷く。

「ハンマーの旗？」

「ちょっと……。冬夜君、一国の王様なんでしょ？　他国の国旗ぐらい覚えときなさいよ」

「すみません……」

エルカ技師から呆れたような声をいただいた。あれ？　一応ざっと見た記憶はあるんだけどな。

「ハンマーが交差した旗は世界で一つしかない。我らガルディオ帝国の隣に位置する、魔《ま》工国《こうこく》アイゼンガルドに次ぐ重魔工業王国……」

「鉄鋼国ガンディリス……」

　ガルディオ皇帝の言葉を継ぐようにルクレシオン少年の搾《しぼ》り出《だ》すような声が部屋に響《ひび》いた。

◇　◇　◇

「鉄鋼国……ガンディリス？」

　確かガルディオ帝国の東、聖王国アレントの南に位置する国だよな。僕はまだ行ったことはないけど。そうか二つの交差したハンマーって、この国の国旗か。

「鉄鋼国ガンディリスは多くの鉱山に恵《めぐ》まれ、様々な鉱物が採れるため、『鉱山王国』、あるいは『鋼《はがね》の国』とも呼ばれています。我《わ》がガルディオとも交易があり、我が国《くに》のゴレムの大半はガンディリスの鉱物によって作られているのです」

　鉱業国家か。ゴレムを製造するにはオリハルコンとかアダマンタイトとかの貴重な鉱物が必要になる。西方大陸にオリハルコンゴーレムなどがいるかはわからないが、いないとするならそれらを生み出す鉱山はまさに宝の山だろう。

アレントやガルディオとの関係はどうなんだろう。あまり話題に上ったことはないが。

そんな僕の疑問にガルディオ皇帝陛下が答えてくれた。

「隣国《りんごく》ですのでそれなりの付き合いはありますけど……。友好国かと言われればなんとも。度々《たびたび》戦争も起こしてますしね。先々代のガルディオ皇帝……私とレーヴェ辺境伯のお祖父《じい》様《さま》はかなり苛烈《かれつ》な方で、何度もガンディリスの鉱山を狙って暗躍《あんやく》していましたから」

うわちゃあ。先々代の皇帝ってアレだろ？　アイゼンガルドと手を組んでレーヴェ王国にも侵攻《しんこう》したっていう。

現ガルディオ皇帝陛下にとっては母方の祖父、レーヴェ辺境伯であるルクレシオン少年には、血は繋《つな》がっていないが父方の祖父となるわけか。すでに鬼籍《きせき》に入っているが、野心の塊《かたまり》みたいなお方だったんだねえ……。

感心するやら呆れるやらの僕の耳に、うーん……とガルディオ皇帝陛下の悩《なや》むような声が届く。どしたん？

「やっぱり解せませんね……」

「なにがです？」

「いえ、ガンディリスの国王はどちらかというと穏《おだ》やかな方で、あまり策謀《さくぼう》を巡《めぐ》らせるタイプではなかったように思うので。まあ、どこの国にも密偵《みってい》はいるとは思いますが……」

まあ、それはね。うちにも椿《つばき》さんたち率いる諜報騎士《ちょうほうきし》がいるしね。しかも今回その子たち参加しているからね。このパーティーに。

ベルファストにも国王陛下直属の『エスピオン』って部隊がいるしな。ひょっとしたらベルファストも参加者に数人紛《まぎ》れ込んでいるかもしれないな。

情報は武器だ。策謀を巡らせるタイプじゃなくても、自国を守るためにはそれは必要なことだと思う。

国王の命令かはわからないけど。国王が命じなくても優秀《ゆうしゅう》な宰相《さいしょう》が動くこともあるだろうし。

「破壊《はかい》工作や暗殺などではなく、ひょっとして単なる情報収集が目的だったのかもしれません。擬人《ぎじん》型のゴレムにそんな力はありませんしね。しかしイメルダ嬢《じょう》という被害者《ひがいしゃ》はいるのですから、とても看過できませんが」

いや、力はなくても例えば毒殺とか、やる気になれば破壊工作なんかもできるけどな。だけどそれを言い出したら、パーティーに参加してるどこの国の人物にもその可能性はあるって話だし。

エルゼが横たわるイメルダ嬢のゴレムに目を向ける。

「んー……。でもそこまで手荒《てあら》な真似《まね》をする気はなかったんじゃないかなあ、この子」

「なんでそう思うんだい？」

「だって本当のイメルダ嬢をこっそり殺してたっていいはずでしょ？　パーティーが終わってから姿を消せば行方不明ってことになるだろうし。殺さないでおいたら、どっちみち『あのイメルダ嬢は誰《だれ》だったんだ？』ってことになってたはずよ。パーティーが終わった後だろうけど」

うーむ、そう言われるとなあ。入《い》れ替《か》えがあったとわかっても構わなかったのか？　確かに殺してどこかにでも埋《う》めてしまった方がなにかと都合がいいよな。殺したくない……いや、殺すなと命令を受けていた？

あり得なくはない、のかな？

リーフリース皇王がガルディオ皇帝《こうてい》に向き合う。

「それでガンディリスにはどう対処するつもりかね？」

「難しいですね。【追憶の魔眼】によるレーヴェ辺境伯《へんきょうはく》の証言だけではなんとも……。ガンディリスの仕業《しわざ》だという物的証拠《しょうこ》はないわけですし」

「確かにガンディリスの旗だったんですよね？」

再度レーヴェ辺境伯に確認《かくにん》を取る。間違《まちが》いだったらまったく無関係の国にイチャモンをつけることになるからなあ。

「間違いないです。小さな頃《ころ》から何回も見ましたから。でも旗が部屋にあっただけで、ガンディリスの人間が見えたわけではないんです。だけど……」

「他にもなにか？」

「声が。かすかに声が聞こえたんですが、女の人の声でした。『ガルディオ皇帝』、『邪魔《じゃま》』、『排除《はいじょ》するように』、と……」

「なっ……⁉」

ガルディオ皇帝を排除⁉　それって暗殺しろってことか⁉

国王が他国の暗殺者に狙われることは珍《めずら》しいことではない。僕も何度か狙われているしな。だけど暗殺部隊があるように、国王を陰《かげ》から守る部隊もある。そう簡単に一国の王を殺せるもんじゃない。

特にこういった場なら尚更《なおさら》のことだ。今だってガルディオ皇帝陛下のそばには屈強《くっきょう》な騎士とゴレムがいる。

多分なんだけど、医務室の隅《すみ》にいるリーフリースのメイドさんも只者《ただもの》じゃないと思う。非力な擬人型ゴレムになんとかできるとは思えないのだが。

「ガンディリスに女の重臣は？」

「覚えている限りではいなかったと思います。……しかしやはり違和感《いわかん》を抱きますね。その女はガンディリスの人間ではあるが、ガンディリス国王とは全く関係のない人物なのかもしれません」

ううむ。よくわからんなあ。結局これって暗殺未遂《みすい》事件……なのか？　少なくともイメルダ嬢を監禁《かんきん》（？）した犯人を捕まえたってことにはなるわけだが。

「ふむ。これだけではガンディリスに抗議《こうぎ》することさえできんだろ。向こうでなにが起こっているのか調べた方がいいとは思うが」

「そうですね。なにか内乱などの起こる兆《きざ》しなのかもしれませんし、すぐに手配します」

とりあえずこの擬人型ゴレムはうちで預かることになった。正確にはエルカ技師預かりってことだが。細かく調べれば他に何かわかるかもしれない。

エルカ技師とバビロン博士、それにイメルダ嬢に化けたゴレムをブリュンヒルドに送り、僕らは再びパーティー会場へと戻《もど》った。

表面上はなにも起きなかったかのようにパーティーは進行し、参加者はそれぞれ収穫《しゅうかく》のあった者、なかった者、悲喜交々《ひきこもごも》の結果を持って帰国《きこく》の途《と》についた。

このお見合いパーティーの原因となったリリエル皇女がどうなったか気になったが、ま、そのうち皇王陛下から話が聞けるだろ。

パーティーでもスマホをポチポチやっていたあの姿ではあまり期待はできないが。

娘《むすめ》を持つと大変だな……。すでに八人の娘を持つ運命が決定している身としては他人事《ひとごと》じゃない。

僕は生まれてもいない娘への苦労を感じながら、ブリュンヒルドへと戻った。

第三章　それぞれの思惑

「なんでそこで名前を聞いておかないかなあ」

「うぐっ……。そっ、それどころじゃなかったっていうか、完全に抜け落《お》ちていたっていうか……。それにその……教えてもらえたかもわからないし……」

目の前に腰掛《こしか》けるリリエル皇女は、俯きながらその助けてくれたという黒仮面から貰《もら》ったハンカチを握《にぎ》りしめていた。皇女の他に部屋にいるのは僕とユミナとリンゼだけ。皇王陛下に内緒《ないしょ》でと、呼び出されて来てみればまさかこんな相談だとは。

舞踏会《ぶとうかい》では仮面をしているため、気に入った相手がいてもどこの誰かはわからない。そのため、相手が気に入ったのなら、こっそりと本名を告げ、のちの繋ぎとするように取り決めていた。

もちろん、向こうがこちらを気に入ってもらえなければ名前を教えてもらえないし、名前を教えるということは『あなたを気に入ってますよ』ということを告げるようなものなので、ほいほいと教えるようなこともできない。軟派《なんぱ》男や尻軽《しりがる》女と揶揄《やゆ》されるからな。

「冬夜《とうや》さん、なんとかなりません、か？」

「と、言われてもねえ……」

リンゼに懇願《こんがん》されて、僕はどうしたもんかと考え込む。

手がかりが黒仮面だけだろ？　各国に仮面を配ったとき、均等に配ったからどの国にも黒仮面さんはいるんだよなあ。

その中から女性を抜いてもけっこうな数がいるよ？

「あ、でもミスミドとかゼノアスとか……。獣人《じゅうじん》や魔族は消えますよね？　尻尾《しっぽ》や角なんかはなかったそうですし」

「あー……実はそれねえ。何人か希望者には尻尾とか角とかを消すことのできるやつ渡しててさ。そのタイプの黒仮面も渡してるんだよ……」

ユミナの言葉に僕が答えると、浮《う》かべた笑顔《えがお》がなんとも言えないものに変化した。いや、見た目でミスミドやゼノアス、あとは武王国ラーゼの竜人族《ドラゴニュート》とかわかってしまうといろいろと厄介《やっかい》な問題もあるし。気にしない人は気にしないんだけどさ。桜《さくら》やゼノアスの王子みたいに角を引っ込められるならよかったんだけどね。

「一応、誰が黒仮面を被《かぶ》ったかって記録は残ってるから捜《さが》し出せないこともないとは思うけど……。しらみつぶしになるぞ、これ……」

スマホに記録してある参加者リストを見てちょっとゲンナリする。聞き出しても正直に答えてくれるかわからないし。向こうにだっていろいろと事情があるかもしれないしな。

「……ホントに捜すの？」

「捜してほしい。もう一度会って、話したいの。でないと……！」

ぎゅっと、手にしたハンカチを強く握りしめ、リリエル皇女が俯く。そんなに思《おも》い詰《つ》めているのか……。

「でないと、気になって原稿《げんこう》が進まないのよ！　なんとか今回は仕上げたけど、なんだか気持ちがモヤモヤして落ち着かないの！　執筆《しっぴつ》活動に支障をきたすのはマズいわ！　一刻も早くこの状態から抜け出さないと！」

オイ。ツッコんでいいものかどうか判断に困る。

僕はユミナをチョイチョイと手招きしてこちらへと呼び、声を潜《ひそ》めて肝心《かんじん》なところを問《と》い質《ただ》した。

「これってつまり、『そういうこと』なのかな？」

「たぶんそうかと。こんなリリ姉様、見たことがありません。自分でもよくわかっていないと思います」

あの妄想《もうそう》暴走皇女がねえ……。わからんもんだな。『恋《こい》が芽生えるには、ごく少量の希望があれば十分である』とは誰の言葉だったか。なかなかに面倒な始まりだ。

「自分を助けてくれた相手ですもの。気になって当然ですよ。これが恋かどうかまだ確証が持てないだけなんじゃないでしょうか。リリ姉様の浮いた話など聞いたこともないので」

「なるほど。さすが幼馴染《おさななじ》み、よくわかってるね」

「わかりますよ。私もそうでしたから」

そう言っていたずらっぽく笑う僕の奥《おく》さんである。いやユミナの場合、助けたのは父親であるベルファスト国王陛下なんだけどな。

僕らの時と一緒《いっしょ》にしてはいけないんだろうけど、相手が一国の姫《ひめ》ってところは似てるか。

スマホで出席者リストから黒仮面の使用者を検索し、そこから女性を除く。えーっと、全部で三十八人……。やっぱり多いなあ。

「とりあえずわかるところから潰《つぶ》していくか……?」

「では、ブリュンヒルド《ち》からですね」

「うん。うちからは三人だ。騎士《きし》団員《だんいん》のルシェード、カロン、そして副団長のニコラさんか」

ルシェードはヴァンパイア族の青年で魔王国《まおうこく》ゼノアスの出身。ヴァンパイアのくせに血が苦手という変わり者だ。うちの騎士団では古株で初期メンバーだな。

少し押《お》しに弱いところがあるが、優《やさ》しい青年である。青年といってもヴァンパイアなんで、六十超《こ》えてるんだけどね……。

カロンはベルファスト出身の青年で、実家が薬師《くすし》。そのためか植物に詳《くわ》しく、騎士団内では主に農地開発の方に力を発揮してもらっている。耕助叔父《こうすけおじ》のお気に入りらしく、わずかながら『農耕神の加護』をもらっているっぽい。

この場合の『加護』はユミナたち『眷属《けんぞく》』のような特殊《とくしゅ》な能力ではなく、普通《ふつう》に才能のようなものだ。

ニコラさんは言わずもがな、ブリュンヒルド騎士団の副団長。ミスミド出身、狐《きつね》の獣人だ。

あれ？　ニコラさんも種族隠蔽《いんぺい》の仮面だったたっけな。

とりあえずアリバイを聞いてみるか……って、アリバイとか。犯人を捜してるんじゃないんだけどなぁ。

「ルシェードもカロンもシロか……」

「シロってなんです？」

ユミナが首を傾《かし》げて聞いてくる。いかん、刑事《けいじ》気分になっている。

ルシェードとカロンの二人にはリリエル皇女のことを直接言うわけにもいかず、『ある女性が黒仮面さんに助けられて、お礼をしたいとその人を捜している』と聞いてみた。嘘《うそ》をついて『自分です』と答えるかもしれないが、そうしたらハンカチのことを聞けばいい。ま、うちの騎士団員にそんな奴《やつ》はいないと思うけどね。

結果、ルシェードはその時刻には知り合った女性とダンスを、カロンは珍しいリーフリースの食事に夢中だったとのこと。

もちろん仮面をしていたので周囲の証言などはなく、本人の言葉を信じるしかないが、事実なら皇女を助けたのは彼らではない。

助けた本人に『知りません』って言われちゃったら、確認しようもないんだけどなあ、これ……。

そりゃ博士の嘘発見器《キーラーポリグラフ》やラミッシュ教皇猊下《げいか》の嘘を見分ける【真偽《しんぎ》の魔眼】を使ってもらえばすぐにわかるけどさ。悪いことをしたわけでもないし、そこまで暴《あば》き立《た》てることじゃないからなぁ。

……めんどい。やっぱり全員に【リコール】使って記憶を探《さぐ》ったろか……。

「ダメです、よ。【リコール】を使っちゃ」

「……ソンナコト考エテナイヨ」

リンゼに釘《くぎ》を刺《さ》された。むう、鋭《するど》い。まあ、【リコール】は渡《わた》したくない記憶までは読めないから、本人が拒《こば》んでいたら無理なのだが。神気で強化すれば読めるけどね。……いや、やりませんよ？

最後の一人、副団長のニコラさんに話を聞くため、僕らは騎士団の訓練場にやってきた。今日もみんな訓練に勤《いそ》しんでいる。諸刃《もろは》姉さんの組んだ地獄《じごく》のメニューを消化中だ。

初めは死屍《しし》累々《るいるい》と倒《たお》れたみんなの姿をよく目にしたけど、最近はあまり見られなくなった。それだけ実力がついてきたんじゃないかと思う。

たぶんだけど、みんな強さだけなら赤ランク……一流の冒険者《ぼうけんしゃ》レベルの実力があるんじゃないかな。ただ、冒険者と騎士では必要なスキルが違《ちが》ったりもするので難しいところだが。騎士団じゃ『宝箱の罠《わな》解除』みたいな訓練はしていないしね。

「あれ、冬夜じゃない。どうしたの？」

訓練場に顔を出した僕らにエルゼが声をかけてきた。ベンチに座《すわ》り、タオルで汗《あせ》を拭《ぬぐ》っている。王妃《おうひ》になってもこういったところは変わらないな。

「ああ、ちょっとニコラさんに用があってさ。いるかな？」

「副団長の？　副団長なら、ほらあそこ」

エルゼの指し示した先では木槍《きやり》と木剣《ぼっけん》が交差していた。

裂帛《れっぱく》の気合いで突《つ》き出したニコラさんの木槍が軽く避《よ》けられ、下から木剣で弾《はじ》かれる。

わずかにニコラさんが動きを止めたその時、長い槍の射程を一瞬で詰めた八重《やえ》が、まるで稲妻《いなずま》のように胴《どう》を薙《な》ぎ払《はら》った。

「ぐっ……！」

ガクッ、と前のめりにニコラさんが膝《ひざ》をつく。む、大丈夫《だいじょうぶ》かな？

「そこまで。立てますか？」

「は、い。大丈夫、です」

審判《しんぱん》のヒルダにニコラさんが起き上がりながら短く答える。

ニコラさんは決して弱くない。八重がちょっとおかしいのだ。その八重でさえも諸刃姉さんには手も足も出ないのだから、うちの騎士団で増長する奴はいない。武流《たける》叔父《おじ》に言わせると『強さというものを誰かと比較《ひかく》しているうちは二流』らしいが。

「では次！　構えて！」

「よろしくお願いします！」

ニコラさんが八重たちの前から下がると、後ろに控《ひか》えていた騎士団員が代わりに前に出る。

ベンチへと戻ってきたニコラさんは、タオルで汗を拭《ふ》き、自分の水筒《すいとう》から水を飲む。疲《つか》れているところ悪いけど、僕はニコラさんに声をかけた。

「ちょっといいかな？」

「これは陛下。なんでしょうか？」

立ち上がろうとする彼をとどめて、僕はリリエル皇女ということを伏《ふ》せて、心当たりはないか話を聞いてみた。

「いえ、私は知りませんが……」

「あ、そう……」

ううむ。うちの誰かだったら楽だなぁ、とか思っていたけど、そうはいかなかったか。

となるとしらみつぶしかぁ……。めんどいのう……。

ちなみにリリエル皇女のところ、つまりリーフリースからの参加者でもないようだ。リーフリースの黒仮面は二人いたが、どちらともちょっとぽっちゃりさんだったので体格的に違うと判断したらしい。仮面の効果は体型まではごまかせないからさ。

仕方ない。各国の王様たちに黒仮面さんたちを紹介《しょうかい》してもらって、一人一人当たってみるか……。

「そういえば……。おかしいな……？」

「何が？」

ベンチに座るエルゼが僕のつぶやきを聞きとめて尋ねてくる。

「こんな話題をしているのに、花恋《かれん》姉さんが現れない……。いつもなら『お姉ちゃんにお任せなのよ！』とか言って背後に突然《とつぜん》現れるのがお約束なのに……」

「花恋お義姉様《ねえ》にもなにか用事がおありなのでは？」

苦笑《くしょう》しながらユミナが答えるが、甘《あま》いよ。甘すぎるよ。もともと今回の舞踏会はあの人が言い出しっぺだよ？　なんでこんな面白《おもしろ》そうな話（花恋姉さんにとっては）に触《ふ》れてこないんだ？

恋愛神《れんあいしん》が恋バナに食いつかないのはそれなりの理由があると見た。ひょっとして……この恋は実らない……？

舞踏会は結婚《けっこん》していない独身者に参加を呼《よ》び掛《か》けた。基本的には自主参加だったのだけれど、中には上からの命令で仕方なく参加させられた人もいたかもしれない。

すでに彼女《かのじょ》とかがいるのに参加させられた、とか。だとしたらちょっとキツいんスけど……。皇女にそれ告げるの僕か？

いや、まだそう決まったわけじゃないけど……。厄介なことにならなきゃいいが。

僕はなんとも重い気持ちになりながら、とりあえず手始めにベルファスト国王陛下に電話をかけた。

「全滅《ぜんめつ》？　それじゃ、誰も身に覚えがなかったの？」

「うん。みんな知らないって。はぁ……」

僕はソファーにぐったりともたれかかる。リーンに話した通り、舞踏会に参加した黒仮面全員に聞いたのだが、誰も名乗りを上げなかった。ということは、助けた本人は嘘をついてまで名乗り出たくなかったということになる。

ますますもってこれってアウトなんじゃ……。嫌《いや》がっているのを無理矢理《むりやり》引っ張ってくるのはどうかとも思うし。

「擬人型ゴレムのことといい、なんでこう面倒事《めんどうごと》が次から次へと来るかねえ……」

「私は面倒事を抱《かか》え込んでいないダーリンはダーリンじゃない気がするわね。そういうものだと自分の運命を受け入れなさいな」

なんか理不尽《りふじん》な気が。人をトラブルメーカーみたいに言わんでほしい。

しかし、どうするかなぁ。『わかりませんでした。ごめんなさい』と告げればこの話はそれで終わりになる気もするが、リリエル皇女の気持ちは宙ぶらりんになる。

まだ恋かどうかもわからない、ちょっと気になる人……ってレベルなら、まだ引きずることもなく終わらせることもできるかもしれない。

でもそれを決めるのは僕じゃない。リリエル皇女本人が決めることだ。

できるだけ力になってあげたいところだが……。

ソファーにもたれかかっていた僕の懐《ふところ》から着信音が放たれる。んもー、こんな時に誰ー？　もうこれ以上の面倒事はご勘弁《かんべん》ですよう？

スマホを取り出し、着信名を見ると、『アリアティ・ティス・アレント』と出ている。

えーっと……あ、アレント聖王国の聖王陛下のお孫さん……お姉さんの方か。氷国ザードニアの新国王フロスト陛下の婚約者《こんやくしゃ》になると噂《うわさ》の。

そういや量産型のスマホを渡したっけな。フロスト陛下と聖王陛下に頼《たの》まれてさ。電話がかかってきたのは初めてだけど。

「はい、もしもし。アリアティさんですか？」

『あ、はい。公王陛下でいらっしゃいますか？　突然ご連絡《れんらく》差し上げて申し訳ありません。実は少々相談に乗っていただきたいことがございまして……』

「ぷっ」

向かいに座っていたリーンが紅茶を吹《ふ》き出す。よほど僕はその言葉を聞いて変な顔をしていたらしい。

いやだって、また面倒そうな話なんだもの……。ちょっと……そんなに笑いを堪《こら》えるほどか？　リーンがプルプルと震《ふる》えているけどこの際無視だ。

「あ、いや、なんでもないです。それで？　いったいどういったことですか？」

『その、実は公王陛下に内密に会ってほしいという方がいまして……。ガンディリスの方なのですが……』

ぬ？

◇　◇　◇

「ほんっとうに、申し訳ありませんでしたぁっ！」

「あ、いや、僕に謝《あやま》られても……」

テーブルの向かい側で深々と頭を下げている少女。僕と同じくらいの年齢《ねんれい》で、一見質素に見える薄緑《うすみどり》のドレスに身を包んでいるが、頭には小さなティアラが輝《かがや》いている。

僕らがいるのは聖王国アレントの王宮にある、薔薇園《ばらえん》に包まれた四阿《あずまや》。アレントのアリアティ王女から会ってほしい人がいると言われ、ユミナとスゥの二人を伴《ともな》ってやってきた。

そしてその四阿《あずまや》で待ち受けていた人物が彼女……鉄鋼国ガンディリスの第二王女、コーデリア・テラ・ガンディリスだったのだ。

聖王国アレントは鉄鋼国ガンディリスの北に位置し、僕らの大陸でいうガウの大河……こちらではセブラ河を挟《はさ》んで隣国同士である。

何度も侵略《しんりやく》戦争を受けたガルディオ帝国《ていこく》と違って、聖王国アレントとは比《ひ》較的穏《かくてきおだ》やかな付き合いがあるらしい。

隣国の王族同士、ある程度の付き合いがあってもおかしくはないが、まさか直接乗り込んでくるとは。

で、その王女様がなぜ僕に平謝《ひらあやま》りしているかというと。

「本当にそんな気はなかったんです！　私が余計なことを漏《も》らしたせいでこんな大事《おおごと》に……！」

例のイメルダ嬢に化けた擬人型ゴレム。あの騒動《そうどう》の黒幕が彼女……コーデリア王女だと本人が告白してきたのだ。

いや、正確には黒幕というのは正しくない。本当の黒幕は彼女の後ろに控えている……。

「ほら、パルレル！　あなたも謝りなさい！」

「申し訳ありませんでした」

まったく悪びれた表情を浮かべることなく、しかし頭だけは深々と下げる一人のメイド。

亜麻色《あまいろ》の髪を短めのポニーテールにして眼鏡をした、一見、理知的な二十歳《はたち》ほどの女性である。

コーデリア王女の話だと、このパルレルというメイドさんがイメルダ嬢を監禁し、あの擬人型ゴレムをリーフリースへ潜入《せんにゅう》させた張本人ということだが……。

「結局、目的はなんだったんですか？」

「ガルディオ皇帝陛下をお守りするため、でございます」

んん？　ガルディオ皇帝陛下を？　言っちゃなんだが、皇帝陛下には護衛の騎士が数人いたし、戦闘力《せんとうりょく》のない擬人型ゴレムがいたところで、あまり役には立たないと思うが。

さらに言うなら、なんでガンディリスがどちらかというとあまり仲の良くないガルディオ帝国の皇帝を守るんだ？

「正確に言うと、ガルディオ皇帝陛下に近づく女性たちから守るため、ですわ」

「はあ？」

僕が首を捻《ひね》っていると、隣《となり》にいたアリアティ王女が苦笑しながら僕に答えをくれた。

正面に座るコーデリア王女が顔を真っ赤にして俯《うつむ》いている。え、まさか。

「その……、数年前から何度かガンディリスのパーティーにランスレット様が招待されていまして……。当時はまだ皇帝ではなく一介《いっかい》の貴族でしたが、親しくお話をしているうちに、その……」

最後の方はごにょごにょと聞き取れなかったが、なんとなくわかった。鈍《にぶ》いとよく言われる僕でも、さすがにこれはわかる。

現ガルディオ皇帝陛下は元はランスレット・オルコットと言って、先代皇帝の懐刀《ふところがたな》、ランスロー・オルコット宰相の長男である。

皇太子であったルクレシオンが皇位継承権《けいしょうけん》を放棄《ほうき》した結果、ランスレットの母が先代皇帝の妹であったため、お鉢《はち》が回り、皇帝となった。

前皇帝はガンディリスとの関係を修復しようとしていたから、現皇帝ランスレットも皇帝になる前はガンディリスへ何回も訪《おとず》れていたのだろう。そんな中で二人は出会った、と。

隣にいたスゥがふむう、と小さく唸《うな》る。

「なるほどのう。でもなんだってこんなややこしいことになったのじゃ？」

「その、近くリーフリースで王家の子女も交えてお見合いのパーティーを開くという話を聞きまして……。そのパーティーにランスレット様もご参加なさると……」

「いえ、参加と言ってもガルディオ皇帝陛下は出席なされただけで、お見合いには参加しませんでしたよ？」

コーデリア王女の言葉をユミナが訂正《ていせい》する。リリエル皇女の場合は強制的にだったが、基本的には自由参加である。それは王族でも同じだ。ガルディオ皇帝陛下は参加しなかった。まあ、すでに一国の王となっている以上、そう軽々しく参加などできなかったと思うが。

「はい……。アリアティ様から聞きました。私が勘違《かんちが》いしたようで……。そのお見合いでランスレット様のお相手が決まってしまったらどうしようと、パルレルにうっかり漏らしてしまったのがそもそもの間違いで……」

ははあ。そのパーティーでガルディオ皇帝も結婚相手を見つけようとしていると勘違いしたわけか。確かにリリエル皇女やゼノアスの兄弟を始め、王家の一族も数人参加してはいたが。

その恋する主人の気持ちを慮《おもんぱか》って？　パルレルさんが勝手に動いた……という話だが、メイド一人にこんな大それたことができるのだろうか。

「その、パルレルのご両親は、夫妻で『探索技師団《シーカーズ》』というゴレム技師の一大ギルドを持ってまして……。その伝手《つて》を使ったのだと思います……」

申し訳なさそうに語るコーネリア王女の言葉に、聞き覚えのある名前があった。

『探索技師団《シーカーズ》』……ってアレだよな。エルカ技師が言っていた、最高峰《さいこうほう》のゴレム技師の一人。この場合、夫妻だから二人なのか？

「『探索技師団《シーカーズ》』はどこの国にも属さず、世界を巡り、自分たちで遺跡《いせき》を発見してはゴレムを発掘《はっくつ》、修理再生を行ってしまう技術屋集団です。単なる技師たちの集まりではなく、遺跡に巣食う魔獣《まじゅう》たちをも自分たちで討伐《とうばつ》する傭兵《ようへい》集団でもあり、再生したゴレムを販売《はんばい》する商人集団でもあります」

パルレルさんがそう説明してくれた。……なにその武闘《ぶとう》集団みたいなの。

自給自足というか、発掘から修理、販売まで全部自分たちでやっちゃおうってのか。ある意味で一番合理的とも言えるけどさ。

「そこのボス夫妻の娘がなんだってガンディリスに？」

「『探索技師団《シーカーズ》』はここ数年、ガンディリスの遺跡をあちこち回っています。その間、パルレルをお父様が預かり、本人の希望もあって行儀見習《ぎょうぎみなら》いとして私の侍女《じじょ》として働いているのです。荒《あら》くれ者《もの》の中に置いておきたくないというご両親の親心かと」

と、コーデリア王女。ふうん、『探索技師団《シーカーズ》』はガンディリスと密接な関係っぽいな。

鉱石を多く産出する国と様々な鋼材を必要とする技術屋集団……。ま、わからんでもない。

「あの擬人型ゴレム……『カトレア』は父に頼んで修理再生《レストア》、及《およ》び外見を製作してもらったものですが、両親に細かいことはなにも話してはいませんし、全《すべ》て私が勝手にしたことです。もちろん姫様《ひめさま》にも責任はありません。お騒《さわ》がせして申し訳ありませんでした。いかなる処罰《しょばつ》も受ける所存です」

まっすぐにこちらを見据《みす》え、そう言い切るパルレルさん。うーむ。正直そう言われても、実際のところ僕《ぼく》にはその権利はないんだよね。直接の被害者ではないし。

一番の被害者は監禁されたイメルダ嬢、次にスパイではないかと疑われたガルディオ帝国、あとは面子《メンツ》を潰されたリーフリースか。

「いえ、私がいつまでもうじうじしていたのが悪いのです！　公王陛下、どうか皆様《みなさま》に謝罪する機会をお与《あた》えくださいませ……！　お願いします！　なにとぞ……！」

土下座せんばかりに頭を下げるコーデリア王女。その後ろで同じように深々と頭を下げるパルレルさん。うーむ、恐《おそ》ろしい国家の陰謀《いんぼう》かと思いきや、まったく関係ない話だったとは。

あ、レーヴェ辺境伯……ルクレシオン少年が【追憶《ついおく》の魔眼《まがん》】で聞いた『ガルディオ皇帝』、

『邪魔』、『排除するように』、というのは、『ガルディオ皇帝に近づく邪魔な女たちを排除するように』ってことか？

……それはそれで怖《こわ》い話だけどな。

「どうするんですか、冬夜さん？」

「え？　……いやまあ、事情がわかった以上、関係者の人たちには正直に話すつもりだけど……」

「ということは、このコーデリア様の恋心《こいごころ》も話すことになるわけじゃが。意中の殿方《とのがた》にだぞ？　それを聞いて向こうはどう思うかのう……」

う。スゥさん……なかなか鋭いところを突っ込んできますね。

隣国《りんごく》との王女と皇帝……組み合わせとしてはなくもないと思うんだけど、これぱっかりは本人次第《しだい》だしな。

うーん、どうするか。空を見上げて唸る僕を無視して、ユミナがコーデリア王女に迫《せま》る。

「皇帝陛下とは仲がよかったんですよね？」

「え？　あ、えと、そのう……。仲がよかったというか、ランスレット様はお優しいので、よく話しかけてくれたというか、わざわざ誕生日にプレゼントもくれたりしまして……」

「プレゼントをくれるくらいなら、気にはなっていたんじゃないですか？　皇帝陛下の方もまんざらではないのでは？」

「そ、そ、それなら嬉《うれ》しいのですけれど……」

ぐいぐい聞くね、ユミナさん。その横にいたスゥも会話に参加する。

「それならなぜもっと早く気持ちを伝えなかったのじゃ？　機会はいくらでもあったじゃろう？」

「その……。やっぱり当時の立場的に私の方からは言い出しにくくてですね……。そうこうしているうちにランスレット様が皇帝になってしまって……。立場の問題は解決しましたけど、逆に今度は皇妃《こうひ》の地位を狙《ねら》っているように思われたらと……」

「気にしすぎだと思うがのう。見ず知らずの女ならともかく、誕生日にプレゼントをくれるほどの付き合いなんじゃろ？　ユミナ姉様の言う通り脈はあると思うがのう」

「そ、そうかな……」

パルレルさんを除いた王族たちの恋バナに僕はなんとも言えない気持ちになる。なんか最近、この手の話だらけでなあ……。

両想《りょうおも》いから始まる恋なんて滅多《めった》にない。大抵《たいてい》はどちらかの片想いで、相手がその想いに気が付けば両想いへと発展する……可能性が出てくるわけで。

そういった意味ではコーデリア王女の恋もこれからってことなんだろうけど……。

「問題は今回の騒動の原因がコーデリア王女だと知ったら、皇帝陛下はどう思うかってとこなんだよねえ……」

「うう！」

ぼそりとつぶやいた僕の言葉に、胸を刺されたように悶《もだ》えるコーデリア王女。ジロリとユミナに睨《にら》まれた。いや、ごめん。悪気はなかったんだ。

「イメルダ嬢《じょう》の方も問題じゃのう。さすがに向こうも黙《だま》ってはおるまいし……」

「……いえ、イメルダ様とは納得《なっとく》ずくの計画です。ご実家であるトライオス家はわかりませんが、ご本人から抗議されることはないかと」

「…………は？」

パルレルさんがしれっととんでもない事実を明かした。納得ずく？　え、てことはイメルダ様ってパルレルさんたちとグルなの⁉

「イメルダ様は心に決めた方がいるのです。ご両親にパーティーへの参加を勧《すす》められ、お困りと知って協力をお願いしました。本来ならば謎《なぞ》の間者に襲《おそ》われて、パーティーに参加できなかった不幸な方として終わるはずだったのですけど」

「私、聞いてないよ⁉」

コーデリア王女も初耳だったらしく、パルレルさんに驚《おどろ》きの声を上げた。そこまで説明されていなかったのか。

というかどういう伝手で、他国の貴族であるイメルダ嬢と？

「『探索技師団《シーカーズ》』の引退したメンバーや、取引先は世界中にいますのでそれくらいは。一応、口止めされていたのですが、今回のことであちらはうまくいったらしいと聞きました。疑われないためにと、薬で昏睡《こんすい》状態にしてしまったのは申し訳ありませんでしたが」

……なんだか全部このメイドさんの手のひらで踊《おど》っているような気がしてきたな。イメルダ嬢が社交嫌《ぎら》いってのもその相手がいたからか。パーティーで上の貴族から求婚《きゅうこん》されたら無下にはできないだろうから面倒だし。

それにしても『探索技師団《シーカーズ》』か……。なかなかに手広く商売をしているらしい。『ストランド商会』のオルバさんと組んだらあっという間に東方大陸でもゴレムを広められるのではないだろうか。

……パルレルさんに貸しを作って紹介してもらうってのも……いやいや、人の弱みにつけ込むってのはどうか。

「うまくいったというのは、そのお相手と、ということですか？」

「はい。お相手はトライオス家お抱えの医師なのですよ。今回昏睡状態になったことで、お互《たが》い気持ちを確かめ合い、ご両親に打ち明けたとか」

パルレルさんの話にその場にいたみんなが、それはよかった……、みたいな空気になったが、いやいや、そういうことじゃない。

「先程《さきほど》も申しました通り、全て私が勝手に計画し、実行したこと。姫様にはなんの責任もございません。どうか処罰《しょばつ》は全て私に」

「だから、そんなわけにはいかないの！　元はと言えば私が……！」

「いいえ、私がうじうじと悩《なや》んでまったく行動に移さないヘタレ王女にしびれを切らしたのがいけなかったのです。恋愛経験値の低い臆病《おくびょう》王女だとわかっていたはずなのに……」

「ちょっ、そこまで言うかな⁉」

「本当にややこしいのう」

まったくだね。恋が絡《から》むといろいろと面倒だ。……絡むと言えば、本当に今回は花恋姉さんが絡んでこないな……。ここ数日連絡が取れないし。諸刃姉さんは心配ないっていってたけど。

「ともかく僕らだけで話していても仕方がない。リーフリース皇王陛下とガルディオ皇帝《こうてい》陛下に話をしてくるよ。それから謝るなり、罪を償《つぐな》うなりすればいい。それでいいかな？」

「……はい」

「わかりました」

コーデリア王女もパルレルさんも小さく頷《うなず》いてくれた。

イメルダ嬢の方が大丈夫《だいじょうぶ》ならそこまで重い罪にはならないとは思うけど、持っていき方次第では彼女たちの印象が悪くなる。特にガルディオ皇帝陛下には。

コーデリア王女の想いとか、どう伝えたらいいのやら……。

なんで僕が愛のメッセンジャーみたいなことをせにゃならんのか。

これけっこう責任重大なんじゃ……。うーむ、とりあえず正直に話すしかないよなあ……。

◇　◇　◇

「まあ表向き、リーフリースとしては被害《ひがい》を受けたわけではないし、ガンディリスに貸しを作れると考えればここは謝罪を受け入れ、処罰は向こうに任せるのも手かもしれんな。ゴレムがこちらの世界にも広まるなら、その重要国と親密になっておくのは悪いことではない。『探索技師団《シーカーズ》』とやらにも伝手《つて》ができるしな」

……僕が躊躇《ためら》っていたことをリーフリース皇王陛下があっさりと口にする。こういう風にズバンと決められる王様になりたいねえ……。

「リーフリースはそれでいいとして、ガルディオの方は……」

「…………………」

なんかガルディオ皇帝陛下がまばたきもせずに止まってるんだが。

ポカンとしているガルディオ帝国の若き皇帝に、隣に座るレーヴェ辺境伯《へんきょうはく》が声をかける。

「……陛下。……皇帝陛下」

「っ、え？　あ、ああ！　な、なんだ⁉」

「なんだではなく。ガンディリスへの抗議《こうぎ》などは……」

「あ、いや……リーフリース国王陛下の言う通り、今回は向こうに任せよう。一応、イメルダ嬢に聞き取りはするが、問題はないと思う。時間をかけてせっかく友好的になってきたのに、あえてガンディリスとの間に波風を立てることもあるまい」

あ、一応聞いてたか。

ふう。ということはこれで一件落着……じゃないか。

コーデリア王女の気持ちを伝えてはみたが、皇帝陛下の方は実際どうなんだろう？　さすがに驚いていたようだけど……。

「……ガルディオ皇帝陛下はコーデリア王女をどう思っているのだ？」

「っ、えっ⁉」

僕が聞きにくいことをリーフリース皇王陛下が代わりにズバッと聞いてくれた。よっ、さすが年の功！

ブリュンヒルドの城の一室、ここには僕とガルディオ皇帝、レーヴェ辺境伯、リーフリース皇王、そして護衛の騎士《きし》たちしかいない。ユミナやスゥたちもこの恋の行方《ゆくえ》を知りたがっていたが、今回は遠慮《えんりょ》してもらった。男同士じゃないと話せないこともあるからさ……。

「あー……。その、正直に言いますと、嬉しい気持ちはあります。しかし彼女が発端《ほったん》で、我《わ》が国《くに》が迷惑《めいわく》を被《こうむ》ったのは事実。それを鑑《かんが》みると、そう簡単に返事をすることはできないと……」

「いや、そういうのはいいから。好きか嫌いかどっちです？」

「……す、好き、です、が」

真っ赤になって斜《なな》め上《うえ》を向く皇帝陛下。だよねえ。でなきゃ一国の王女にプレゼントなんか渡せないよなぁ。

ニヤニヤとしている僕とリーフリース皇王を見て、堰《せき》を切ったように若き皇帝が話しだした。

「いや、その、急過ぎて、気が動転しているといいますか、すごく嬉しいんです！　だけども私にも立場というものがありますし、以前のような一介の貴族の息子《むすこ》ではありませんから、勝手に返事をするわけにも！　こ、これってどうすればいいんですかね⁉　こ、公王陛下！　公王陛下は九人も奥方《おくがた》を娶《めと》られましたが、こういった場合の対処法は⁉」

「流れに身を任せろ……」

「雑だな⁉」

なんかショックを受けている青年皇帝。いや、実際僕の場合、それがほとんどだし。好き同士ならそのへんのしがらみとかはどうとでもなると思うよ？　たぶんね。

「かつて仲の悪かったガンディリスと誼《よしみ》を結ぶ意味でも悪くない話だと思うがな、ワシは。どちらかというと国を治める者としては、積極的にその話を進めるべきなんじゃないのか？」

リーフリース皇王が言う通り、ガンディリスの王女とガルディオの皇帝がくっつけば、これはもうまたとない友好のシンボルとなる。元来、国王の結婚というものはそういうものだし。

僕とユミナ、ルー、ヒルダの場合も一応それに当てはまる。ユミナと婚約《こんやく》した時はまだ国王ではなかったのでちょっと違うかもしれないが。

「し、しかし、このような事件が起こってしまったわけですし、そういうわけにも……」

「んなもん、関係ねえだろ。それぐらいの問題、まとめて受け入れてやれ。一国の王女とかじゃなくて、一人の女の人生くらい背負えねえで国なんか背負えると思うなよ？　公王を見ろ。九人も背負ってらあ」

ブハハと笑うリーフリース皇王。あのなあ……。人をオチに使うなってーの。

「なんならうちの娘《むすめ》も付けてやるが」

「あ、いや、それはさすがに……」

「ははは。冗談《じょうだん》だよ、冗談」

皇王陛下は笑っていたが、僕は笑えなかった。あなたの娘さんも、現在《いま》けっこう面倒な恋愛事情を抱えてますから！

ガルディオ皇帝陛下の背中を押《お》す意味でも僕もリーフリース皇王に賛同する。

「まあ、僕のことはともかく、これは確かにいろんな意味でチャンスかもしれませんよ。恋愛の女神《めがみ》様によると、こういったものは全てタイミングだそうですから」

「はあ……。恋愛の女神様、ですか」

訝《いぶか》しげな表情を浮《う》かべる皇帝陛下。あなたも会ったことありますけどね、その女神様。

パルレルさんの行動は決して褒《ほ》められたものではないが、ひとつのきっかけにはなったと思う。これが花恋姉さんの言うタイミングってやつなのかね？

未《いま》だに悩んでいる皇帝陛下だが、擬《ぎ》人《じん》型ゴレムの方はなんとかなりそうだ。あとはリリエル皇女の方だなあ。

謎の黒仮面は一体誰《だれ》なんだよ、もう。

黒仮面をした各国の男たちには全員聞き取りはしたし……あと他に、は……。

ふと、僕の頭に一つの仮定が浮かぶ。

『黒仮面をした男たち』には聞き取りはした。男たち、には。

え……。まさか……そういうことなの……？

◇　◇　◇

「「えっ？」」

目の前のユミナとリンゼがポカンとした顔を僕に見せ、動きを止めた。うん、まあ、そんな反応になるよね。

「えっ……と、冬夜さん？　すみません、どういうことですか？リリ姉様の捜《さが》している人が……」

「女性……だ、と？」

とりあえず突き詰《つ》めた真相を、リリエル皇女と親しい二人だけに話してみた。

まだ本人には知らせていない。というか、どうやって知らせたらいいものかわからないので二人に知恵《ちえ》を借りようと思ったのだ。

「リリ姉様のお話ではお相手は男の方だったと思うんですが……」

「【ミラージュ】、のような幻影魔法《げんえいまほう》が使われていた、とか？」

「いや、違うよ。普通《ふつう》に男装してたんだ」

まさか女性枠《わく》で入場し、その後男装して参加するとか思いもしないじゃないか。

入場チェックは衣装部屋に入る前にしてたからわからなかったよ。仮面付けたら認識阻《にんしきそ》害《がい》されるしな。一緒《いっしょ》に参加したその国の女性陣《じょせいじん》は知っていたみたいだけど。

「本人に確認《かくにん》したら認めた。黒仮面を付けて男として参加してたってさ」

「なんでそんなことを？」

「うーん……。本人によるとひらひらしたドレスとか着たくなかったから、って。恥《は》ずかしいとも言ってたな」
なにが恥ずかしいのかわからんけども。人それぞれ羞恥《しゅうち》するポイントは違《ちが》うから、これ
ばっかりは本人じゃないとなんとも言えない。
「で、その……、男装してた黒仮面さん、は……」
「トリハラン神帝国のリスティス皇女。ほら、元老院がずっと牛耳《ぎゅうじ》ってた国の、第二皇子
と偽《いつわ》ってた……」
「ああ。エンデさんが操《あやつ》られてた時の……。なるほど、それで……」
リスティス皇女はトリハラン神帝国の皇女として生まれたが、当時トリハランを思うが
ままに支配していた元老院の目を欺《あざむ》くため、皇子と偽って育てられた。
長い間、男性として育てられたため、性格もどちらかというと竹を割ったようなさっぱ
りとした性格である。僕の場合、初めて会った時から男装姿だったが、確かにあの姿は少
女漫画《まんが》に出てきそうな実に皇子様した皇子様だった。
あの姿で現れたら、たとえ仮面を被ってなくても女性とは思うまい。仕草や話し方が男
性のそれなんだもの。荒々《あらあら》しい、という意味ではなく、紳士《しんし》たる、という方面の。
あ、男の感覚からするとひらひらしたドレスなんて着るのは恥ずかしいか。だからか？
「確か、プリムラ王国との戦争では指揮官として参加してたんです、よね？」

「うん、そう。そりゃ荒事《あらごと》にも慣れているはずだよね」

ちなみにリスティス皇女の兄であるルーフェウス皇太子。彼《かれ》は魔工学を趣味《しゅみ》で勉強している学者肌《がくしゃはだ》の青年で妹とは正反対だ。

この皇太子は魔動乗用車《エーテルビークル》のレースがきっかけで、ストレイン王国のベルリエッタ王女と婚約が決まっている。

兄に続いて妹も、とトリハラン皇帝陛下は思ったのかもしれないが……。

「間違《まちが》いなくご本人なんですか？」

「ハンカチの件も知っていたし、間違いないと思うよ」

間違いであって欲《ほ》しかったが。ややこしい話がさらにややこしいことになってしまった。

「ええっと……これは……」

「どうしましょう、か……」

ユミナとリンゼが顔を見合わせる。気持ちはわかる。

「まあ、二つに一つだと思うんだ。このことをリリエル皇女に正直に話すか話さないか。結局見つかりませんでした、と言って、この恋に幕を引くこともできるけど……」

「でも……勝手に人の恋を終わりにしてしまうのはどうかと思います。それも含《ふく》めてどうするかを決めるのはリリ姉様かと」

だよね。僕もそう思う。たとえどんな結果に終わってもさ。

しかしそんなユミナの発言に、隣のリンゼはなぜか難しい顔をしている。……どしたん？

「いえ……ちょっと気になるんです、けど……。リル先生ってそっちの作品も書いているんですよ、ね……」

「そっちの……って？」

「男性だけで構成される騎士団《きしだん》での様々な恋愛模様を描《えが》いたのがリル先生の代表作、『薔薇《ばら》の騎士団』なんですけど、その外伝的作品もシリーズで出しているん、です。女性のみの近衛《このえ》部隊を中心にした『百合《ゆり》の親衛隊』って作品で……」

え、なにそれ。そんなスピンオフも書いてたの？　確か演劇の脚本《きゃくほん》も書いてたし、幅広《はばひろ》く手を出しているんだな……。

「凛々《りり》しい先輩《せんぱい》女性騎士と、田舎《いなか》から出てきた新米少女騎士との恋愛《れんあい》劇……なんですけど、その、かなり深い愛情表現の描写《びょうしゃ》までされていて……。い、一応、先生にもそういう関係を望む可能性もあるのかなあ、と……」

後半はごにょごにょと掠《かす》れたような声だったが、リンゼの説明を聞いてユミナの顔がボッ、と赤くなる。なにを想像したのか小一時間ほど聞いてみたいが、とりあえずそれは置いておこう。

そういう作品を書くからといって、そういう趣味嗜好《しゅみしこう》があるとは限らないけどね。まあ、好きだったり、興味がなけりゃ書いたりはしないと思うけどさ。

初恋《はつこい》（?）の相手が同性だとわかった彼女《かのじょ》に対して、どうフォローしたらいいのかね……。まったくフォローの言葉が浮かばないんだが。

「とりあえず、僕らが言葉を並べても信じてもらえないかもしれない。本人同士を会わせた方がいいか」

「そ、そうです、ね。実際に話してみれば、捜していた人かわかるはずですし……」

まあ、ほとんど間違いないと思うけどね。一抹《いちまつ》どころか百抹の不安を抱えながら、僕はリリエル皇女に連絡を取るため、懐からスマホを取り出した。

◇　◇　◇

「みっ、見つかったってホント!?　でっ、どっ、どこの誰だったの!?」

「まあまあ、落ち着いて、落ち着いて。どうどう。座《すわ》りなさい。静かに」

「馬扱《あつか》いしない！」

ガタンと椅子《いす》を鳴らせて立ち上がったリリエル皇女を落ち着かせる。大丈夫《だいじょうぶ》かな、これ……。隣にいるユミナとリンゼに視線を向ける。二人とも引きつった笑いを浮かべていたが、今さらやめるわけにもいかない。

ここはリーフリース城の中にある、王族個人の中庭で、家族といえども断りもなしに勝手に入ってくることはない。よって誰かに話を聞かれる心配もないわけだけれど、一応念のため、な。

「えっと、とりあえずここに連れてきてもいいかな？」

「ッ⁉　こっ、こっ、ここにっ⁉　でっ、でも、心の準備が！」

僕の言葉に慌《あわ》てふためいて、オロオロと挙動不審《きょどうふしん》になるリリエル皇女。……ショック受けないといいなあ……。いや、受けるに決まってるか。

ユミナとリンゼに小声で話しかける。

「これさ……やっぱり先に真実を知らせておいた方がいいんじゃないかな？　本人に告げられたらダメージ大きいぞ？」

「ううん……。確かにそうなんですけども……」

「信じますか、ね？」

見るからに浮かれてる今の状態で、そんなことを言っても冗談にしか聞こえない、か。

「そういった耐性《たいせい》はあるはずなので、私たちが思っているよりは大丈夫だと思いますけど……」

「なら、連れてくるか。向こうで彼女を待たせるのも悪いし」

「彼女？」

僕らの言葉に小さく首を傾《かし》げるリリエル皇女をあえて無視して、僕は【ゲート】を繋《つな》ぐ。本来なら転移魔法《まほう》を防ぐため、ここには城の結界があるのだが、リリエル皇女に話してあらかじめ解除してもらっている。

「ああ、やっとお迎《むか》えか。待ちくたびれたよ」

僕らの目の前で【ゲート】を抜《ぬ》けてひょいとやってきた人物は、着なれないというドレスの裾《すそ》を両手で持ちながら、リーフリースの地に再び降り立った。

出会った時は短かった金髪《きんぱつ》も少し伸《の》び、薄化粧《うすげしょう》をしているのか、いつもより女性らしさが前面に出ている。ま、そういう風にお付きのメイドさんたちに僕たちが頼《たの》んだんだけども。

決して派手ではない薄青のプリンセスドレスだが、見事に彼女にマッチしている。ついてきた二人のメイドさんたちが、後ろでふふんとドヤ顔をしているぞ。気合い入れたなあ。

普段《ふだん》からこういった女性らしい格好をしてくれないと言ってたからな。そりゃ気合いも入るか。

「えっと……？　誰？」

会いたい男性ではなく、まったく知らない女性が【ゲート】から出てきて、キョトンとしていたリリエル皇女が僕らへ向けて尋《たず》ねてきた。

「えーっと、こちらの方は西方大陸のトリハラン神帝国《しんていこく》、その第一皇女であるリスティス・レ・トリハラン。で、こちらは東方大陸、リーフリース皇国の第一皇女である、リリエル・リーム・リーフリース」

僕が両者を紹介《しょうかい》すると、先にリスティス皇女がドレスの裾を持ち、カーテシーで挨拶《あいさつ》をする。

「御招待《ごしょうたい》ありがとうございます、リリエル皇女。トリハラン神帝国が第一皇女、リスティス・レ・トリハランです。よろしく」

「……え、招待？　あ、えっと、リーフリース皇国第一皇女、リリエル・リーム・リーフリース、です。ようこそリーフリースへ」

疑問を押しとどめ、同じくカーテシーで応えるリリエル皇女。しかしその目は、どういうこと？　と、キョロキョロと僕らとの間を行き来していた。

そんなリリエル皇女に意を決したようにユミナが声をかける。

「リリ姉様、よく聞いて下さいね？　この方が『黒仮面』さん、です」

「………………………………………………は？」

時が止まったかのように、しばし固まったリリエル皇女の口から短い疑問の声が漏《も》れる。

なに言ってんの？　という心の声が聞こえてきそうだ。

ススス、とこちらに近づいてきたリリエル皇女は小さな声で僕らへと話しかける。

「あのね、私の捜している『黒仮面』は男の人で……」

「パーティーに出ていた時は男装していたそう、です。その、いろいろと事情があって」

「またまた〜。その手には乗らないわよ、リンゼ。そんな娯楽《ごらく》小説みたいなことありますかっての」

いや、それがあるんだなあ……。否定しながらも少し引きつっているリリエル皇女を置いて、僕は彼女から預かっていたものをポケットから取り出した。

「リスティス皇女。こちらのリリエル皇女が先日のパーティーでお世話になったとか。このハンカチは貴女《あなた》のものですね？」

「え？　……ああ！　あの時の彼女か！　仮面を被っていた時の印象とまるで違うからわからなかったよ！　……って、私も仮面をしていたから同じか。そりゃあ、わからないよねえ」

「…………………………………………………………………………………………はぁぁッ⁉︎⁉︎」

先程より長い沈黙《ちんもく》の後、リリエル皇女が腹の底から絞《しぼ》り出《だ》したような声を上げる。目の前の衝撃《しょうげき》の現実に、驚いた表情のまま凍《こお》りついているようだ。

「こ、公王陛下……。大丈夫かい、彼女？　なんかすごい形相で固まっているけど……」

リリエル皇女の反応に、少しうろたえたリスティス皇女が心配そうに僕に尋ねる。うん、女性としてあの顔はどうかと僕も思うけど、彼女の心情をおもんぱかると仕方がないかもと思えるんで、そこはスルーしとこう。やはりダメージは大きかったようだ。

「その……リリ姉様はリスティス様が男性だとずっと思い込んでましたので、びっくりされたんだと……」

「あー……それは申し訳ない……。どうしてもドレスとかは苦手でね。あの日はこっそり用意した男物の服に着替《きが》えて参加したんだ。あとでじいにしこたま怒《おこ》られたよ」

じい？　ああ、確かゼロリック卿《きょう》だったか。リスティス皇女の世話係の。

「今回のこのドレス、公王陛下の差し金だろ？　じいにも念押《ねんお》しされたぞ。まったく……なんで世の中の女たちはこんなヒラヒラした服を着たいのか、私にはさっぱりわからないな。動きやすい服の方がなにかと便利だろうに」

今回の招待については『くれぐれも女性的な正装で』とトリハラン皇帝陛下にも電話してある。一目で『女性』とわかる姿じゃないと困るからな。

まあ、もう目的は達成したので着替えても問題はないんだが。

「でもよく似合ってますよ。とても素敵《すてき》です」

「そうかな？　自分ではよくわからないけど」

ユミナの言葉を受けてリスティス皇女が自分のドレスの裾を軽く持ち上げる。

動きづらいのだろうか。とりあえずリスティス皇女を庭園の椅子に座らせる。ショックで固まったままのリリエル皇女もな。そろそろこっちに戻《もど》ってきてほしいが。

「慣れなきゃいけないとは思ってるんだけどね……。兄上が婚約しただろ？　私も早く相手を見つけたらどうだと、父上がうるさいし」

あ、やっぱり。トリハラン皇帝陛下はずいぶんと舞踏会《ぶとうかい》に乗り気だったもんなあ。ところが娘は男装して参加してたわけだ。相手が見つかるわけがない。いやまあ、ある意味見つかったようなものだけれども……。

「その、リスティス様は、好きな『男性』はおられないのです、か？」

リンゼが幾分《いくぶん》か含んだ迂遠《うえん》な物言いでリスティス皇女に質問する。

「うーん、なんていうか、私はずっと男として生きてきたからね。そういった感情はよくわからない、かな。女の子の方がわかりやすいだけ一緒にいてまだ気が楽だよ。男は野心とかプライドとか面倒《めんどう》なものが多くて扱いにくい」

おっとなんかチラリとこっちを見られましたよ？　この場にいる男は僕だけなので、仕方ないのかもしれないが。

「だからあの時、困っていたリリエル皇女を見てつい、ね。典型的な横暴男だったから」

「いいえ、本当の男性でもそういった場面で助けに入ることができない者もいますから。リスティス様の行いは素晴《すば》らしいかと。今日はそのお礼にとお招きしたのですけれど……」

ユミナが魂《たましい》が抜けたように白くなっているリリエル皇女を横目で見て困ったような声を出す。そんなにショックだったのか。

「こんなに驚かれたのは初めてだね。未だによく男だと間違えられることは多いけど。まるで『百合親《ゆりしん》』のシャノンみたいだな」

リスティス皇女の言葉に、ぴくっ、とリリエル皇女が反応する。ユミナとリンゼも驚いた顔をしていた。

ゆりしん？　シャノン？　誰だ、それ？

「えっ、リスティス様、『百合親』知ってるんですか⁉」

「知ってるもなにも、ブリュンヒルドから贈《おく》られた本だろ？　なかなか面白《おもしろ》くて一気に読んでしまったよ。ああいった本はこちらにはあまりないし」

ユミナの言葉に笑いながら答えるリスティス皇女。

うちから？　そういえばトリハランやプリムラなど、あちらの国々の文化を理解するためとか言って、いろんな本の交換《こうかん》をしたな。

正直なにをピックアップすればいいのかわからなかったので、他の人に任せたんだっけ。確かあれを任せたのは『図書館』のファムと……。

『あ』といった顔のリンゼと目が合う。

「……『ゆりしん』ってなに？　本のタイトル？」

「あれ？　公王陛下は知らないのかい？『百合の親衛隊』っていって……」

「……っ、ああ！」

再びリンゼの方を向くと露骨《ろこつ》に視線を逸《そ》らされた。ちょい待ち！　任せたのは僕《ぼく》だけど、なんでこの残念皇女の作品を入れた⁉

リンゼは彼女のファンだからわからないでもないけど、それって一般的《いっぱんてき》な本なの⁉

「シャノンってのはその『百合の親衛隊』に出てくる主人公の少女でね。田舎から出てきて悪漢に絡まれたところを凜々しい美形騎士に助けられるんだ。で、親衛隊の試験会場に行って、その人が先輩の女性騎士だとわかり、大きな衝撃を受けてしまうのさ。今のリリエル皇女と似ているだろう？」

「いや、似ているというか……」

それ書いたご本人なんスけど……。ユミナやリンゼも僕と同じく引きつった笑いを浮かべていた。

「よ、ほど、気に入ったんですね……。こっちでも珍《めずら》しいジャンルのものなんですけど……」

「ジャンルがどうだろうと、面白いものは面白い。男だとか女だとか、そんなことは些細《ささい》なことさ。そういったものにとらわれないからこそ、まっすぐな純愛だとも言えるんじゃないかな」

「我が意を得たりッ！」

ガタンッ！と、椅子を後ろに蹴《け》倒《たお》して、リリエル皇女が突然《とつぜん》立ち上がる。うわっ、びっくりした！もっと静かに復活しろ！

「貴女、作品の本質をよくわかっているわね！そうよ、描きたかったところはそこなのよ！愛に性別も年齢《ねんれい》も種族も身分も関係ないってこと！わかってくれて嬉しいわ！」

興奮気味にまくし立てるリリエル皇女を僕とユミナは驚きつつ見ていたが、リンゼはうんうんと頷いていた。

「あれ、リリエル皇女も『百合親』の読者なのかい？　面白いよね、あれ」

「当然よ！　私が書いたんだからね！」

「………………………………………は？」

時が止まったかのように、しばし固まったリスティス皇女の口から短い疑問の声が漏れる……って、なにこのデジャヴ。

「ええと、です、ね。実はこちらのリリエル様が、『百合の親衛隊』の作者、リル・リフリス先生、なんです」

リンゼがなぜか申し訳なさそうにリスティス皇女に正体を告げる。っていうか、正体バラしてよかったのか、これ。本人が言ってしまっているので、構わないとは思うんだけど。

「え？　……本当に？」

「本当に、です」

「ええ……？　なんだって一国の皇女がそんなことを？」

「そこに書きたいものがあるからよ！」

リリエル皇女がひっくり返した椅子を戻して、ダンッ！　と、その上に立ち、拳《こぶし》を天に向ける。テンション上がりすぎだろ……。さっきの死んだ目をしていたやつと同一人物には思えないな。とりあえず椅子から下り給《たま》え。

ポカンとするリスティス皇女にリンゼがにじり寄る。

「リスティス様はどの登場人物が好きなんです、か？」

「私？　そうだなぁ……シャノンが憧《あこが》れるクリスエルもいいけど、やっぱり三番隊隊長の『氷のフリージア』かな。カッコいいよね、彼女」

「いいとこつくわね！　フリージアはこれから出番が多くなるの。彼女は実は……おっと、これはまだ話せないわね」

「ちょっ、気になりますよ!?　あ、四巻で出てたフードを被《かぶ》った謎の人物絡《がら》み、ですか？」

「あー、あの。明らかになにか企《たくら》んでいるよね」

「ふふふん。まだ秘密～」

三人がなにやら作品について熱く語っているが、僕とユミナにはさっぱりだった。ユミナは作品自体は知っているけども、中身までは熟読しているわけではないとのこと。

「えーっと……。これって、丸く収まった……んでしょうか？」

「か、な？　なんというか、心配する必要もなかったというか……」

まるで数年来の親友同士のように会話する三人を見て、僕らは顔を合わせた。同好の士が一人増えたということなのだろう。めでたしめでたし……なのか？

首をひねる僕の懐《ふところ》に着信が入る。取り出してみると花恋姉さんからだ。今ごろかよ。もう全部片付いたぞ。

恋愛神なのにまったく役に……いや、今回のは恋愛絡《れんあいがら》みにはならなかったけど。

「はい、もしもし？」

『おねえちゃんぴんち。たっけて』

はい？

第四章　未来からの来訪者

万神殿《パンテオン》。

天界の遥《はる》か上、神々の住まう神界に存在する聖なる神殿《しんでん》。

あらゆる神々が集まって、話し合ったり、くつろいだりする……いわゆる集会所のような場所である。

新入りのぺーぺーではあるが、一応世界神様の眷属《けんぞく》でもあり、上級神の資格を持つ僕もこの万神殿《パンテオン》に入ることを許されている。

ま、神格は上級神だといっても立場的には一番下なんですけれども。親神（この場合、世界神様）の眷属であるから、必然的にそうなっただけで、自分自身では身分不相応だと感じざるを得ない。

だから正直、あまり居心地《いごこち》は好《よ》くなかったりする。変に緊張《きんちょう》するんだよね。当たり前だけど、神様だらけだしさ……。

万神殿《パンテオン》の門をくぐると広い中庭のような場所に自動的に移動した。万神殿《パンテオン》の中はいろんなところが独立して存在しており、そこへ行く決まったルートというものが存在しない。

慣れていれば一瞬《いっしゅん》にして目的地に移動できるが、慣れていなければあっという間に迷子になってしまう。

その中央ステーションというべき場所がこの中庭らしいが、ここからどうやって行けばいいんだ？

僕が途方《とほう》に暮れていると、燦《きらめ》く木々の梢《こずえ》から、パタパタと一羽《わ》のスズメが飛んできて、僕の肩《かた》にとまった。あれ、このスズメって……。

「おう、新神《しんじん》。久しぶりだな、元気か？」

「あ、はい。おかげさまで。えっと、飛行神様……でしたよね？」

「おう」

一見スズメに見えるが、これでもれっきとした神様だ。以前、花恋《かれん》姉さんと万神殿《パンテオン》に来た時に会っている。飛行神ってことは鳥だけに限らず、飛ぶもの全般《ぜんぱん》に関する神様なんだろうか。

「一人でここに来るたあ、誰かになんか用事か？」

「ええ。花恋姉さん……あ、恋愛神様に会いに来たんですけども。どこにいるかわかりますか？　万神殿《パンテオン》にいるとしか聞いてなくて……」

「あー……恋愛神か……。そうか、あれか……」

スズメ姿の飛行神は器用に片翼《かたよく》で頭を押さえ、首を横に振《ふ》る。

え。なんですか、その不安を煽《あお》る反応……。

「ま、いいや。案内ぐらいならしてやるよ。こっちだ」

パタパタと再び小さな翼《つばさ》を羽ばたかせて飛行神は僕の肩から飛び立つ。よくわからないが、とりあえずついていくことにしよう。他《ほか》にあてはないし。

中庭に設置されている、真っ白い石でできたアーチをくぐると、一瞬にして別の風景に切《き》り替《か》わる。先程《さきほど》の中庭はどこかに消《き》え失《う》せ、ガラスでできた螺旋《らせん》階段が上へと延《の》びる場所に出た。

円筒状《えんとうじょう》のガラスの建物の内側に螺旋階段があり、その外側ではキラキラと光る青い液体の中を、色とりどりの魚たちが自由に泳いでいた。え、海底なの、ここ？

「こっちだ。はぐれるなよー、迷子になったらお前一人じゃ帰れないからな」

なにそれこわい。ひょっとして【ゲート】や【異空間転移】でも抜け出せないとか？

僕は慌てて飛行神の後を追いかけ、ガラスの螺旋階段を上った。

よく見ると海（？）の中にも、人らしき者や人魚のような者がいる。あれも神様か、その眷属なんだろうな。

いや、そこらへんを泳いでいる魚だってそうなのか。ここには神様かその眷属しかいないって言うんだから。……なるべく余計なことはしないようにしよう。

飛行神に導かれるままに、螺旋階段の上にあったアーチをくぐるとまたしても違う場所に出てしまう。

今度は薄ぼんやりとした暗い空間で、空には数多《あまた》の星々が瞬《またた》いていた。

足元は虹色《にじいろ》に光る石畳《いしだたみ》で、真《ま》っ直《す》ぐに前方へと延びている。これのおかげで前を飛ぶ飛行神をなんとか見失わないでいられるな。

「もたもたすんな、こっちだ。あんまり長くここにいると面白がられて絡《から》まれるぞー」

「なにに⁉」

飛行神の言葉にわけのわからない恐怖《きょうふ》を覚えた僕は全力ダッシュで闇《やみ》の中を駆《か》け抜ける。背後の闇から『ちっ』という舌打ちの声が聞こえたが、聞こえていないフリをする。ズリズリとなにかを引きずるような音も聞こえるけど、聞こえないフリをする！

空を飛ぶ飛行神とほぼ並ぶように闇を走《はし》り抜けると、またしても別の場所に出た。ここは迷宮《めいきゅう》かよ……。

その後、いくつかの場所を通《とお》り抜けながら、出会った神々に挨拶をしつつ、厄介《やっかい》そうな神々からは逃《に》げつつ、やっと花恋姉さんがいるという場所にたどり着いた。

「ここは……」

鬱蒼《うっそう》と茂《しげ》る緑の木々に、咲《さ》き誇《ほこ》る百花繚乱《ひゃっかりょうらん》の花々。美しい小川が流れ、涼《すず》やかな風が吹《ふ》く。精霊《せいれい》の光が溢《あふ》れる木々のその先には、屋根が半球状のガラス張りになった真白き四阿《あずまや》――ガゼボがあった。まるでローズガーデンのような庭園である。

僕がその庭園の見事さに言葉を失っていると、飛行神がパタパタとガゼボの方へと飛んでいってしまった。

僕も追いかけるように、薔薇のトンネルを抜けてそこへ向かうと、ガゼボの中にあるテーブルで椅子に座り、突《つ》っ伏《ぷ》している女性を見つけた。あれは……！

「花恋姉さん!?」

力なくテーブルに伏《ふ》す花恋姉さんを慌てて抱《だ》き起《お》こす。くたっと脱力《だつりょく》した花恋姉さんの顔は青ざめて、目が虚《うつ》ろに宙を泳いでいた。

「くっ、【光よ来たれ、安らかなる癒《いや》し、キュアヒール】！　っと、【リカバリー】！」

回復魔法と状態回復魔法を重ねてかけるが、花恋姉さんの顔色は元に戻らない。くそっ、神族に魔法は効かないのか!?

いや、僕だって一応神族だ。僕に効くなら花恋姉さんにだって効くはず。まさか神魔毒《しんまどく》に……！

「…………と、うやく……ん……」

「喋《しゃべ》らないで！　待ってろ！　いま世界神様を……！」

懐から取り出したスマホを持って、抱《かか》き抱えた花恋姉さんへと叫《さけ》ぶ。

「ごはん……食べたい……」

「…………………………」

「…………っ、あいたッ⁉」

抱き抱えた手を離《はな》すと椅子の背もたれに後頭部をぶつけた花恋姉さんが悲鳴を上げる。

おい待て、コラ。ごはんって、空腹なだけか⁉

「どういうことか説明してもらえるかなぁ……？」

「もう何日もなにも食べてないのよ！　もう限界！　神だから食べなくても死なないけど、地上で食事の美味《おい》しさを知った私には耐《た》え難《がた》い苦痛なのよ！　ってなわけで、お姉ちゃんになんか食べ物よこすのよ！」

ふざけたことを抜かす姉を無視して、テーブルの上にいる飛行神様に深々と頭を下げる。

「あ、飛行神様、お世話になりました。僕、帰ります」

「ダメなのよ！　帰っちゃダメなのよ！　見捨てないでえぇぇ！」

「あーもう！　わかったから服を放せって！」

泣きながらコートにしがみついてきた花恋姉さんを振りほどき、【ストレージ】からとりあえずルーの作った料理をいくつか取り出した。美味しそうな匂《にお》いが辺りに立ち込める。

「やったのよ！　冬夜《とうや》君デリバリー成功なのよ！　いただきまーす！」

歓喜《かんき》に満ちた表情で置かれたスプーンに手を伸ばす花恋姉さん。今泣いた烏《カラス》がもう笑う。

やっぱり嘘泣《うそな》きか、こんにゃろう。

「お前……。苦労してんだなぁ……」

やめて。そんな憐《あわ》れむような目で見ないで。

飛行神の視線に耐えられなくなった僕は、ため息とともにガラス越《ご》しに見える空を見上げた。

◇　◇　◇

「で？　結局ここでなにをしているんだ？」

「昇神《しょうしん》試験の最中なのよ」

「しょうしん……？」

え？　昇進《しょうしん》じゃなく？

「神格を上げるための試験だ。神格は上級神、中級神、下級神と分かれちゃいるが、今はお役目ごとに分かれているだけなんだよ。昔は厳しい上下関係があったそうだけど、『今時それってどうよ？』ってなってな。今は上の方がちょいと優遇《ゆうぐう》されるくらいで、基本的にあんまり差はねえんだ。……どうでもいいけど、美味《うめ》ェな、これ！　ついばむのが止まんねー！」

カカカカッ！　と、皿を連打するように説明してくれた飛行神が嘴《くちばし》を鳴らしながらルーの料理を食べていた。ちなみに食べているのはオムライス。結果、飛行神はケチャップまみれになっていた。まるで血塗《ちまみ》れスズメだ。

「その昇神試験に合格すれば神格が上がるの？」

「一応な。でもここ数万年、受けるやつなんかほとんどいなかったぞ？　従属神からの昇神とは違って、そんなに待遇《たいぐう》が変わるわけでもないし、試験は面倒なのが多いし」

うーむ……わからん。いや、昇神試験がどうこうじゃなく、なんでそんな面倒なことを面倒くさがりの花恋姉さんが受けようと思ったのかがわからん。

わからんので思った疑問を正直にぶつけてみると、花恋姉さんはオムライスを食べる手を止めて、カッカッとスプーンで皿を叩き始めた。なに？　その言い出しにくそうな表情は。

「……冬夜君、世界神様に神族として認められたでしょう？」

「うん」

「いずれあの世界の管理を任されるってことは、ひとつの世界を担当するお役目をもらうってことで、それは紛《まぎ》れもなく上級神の仕事なのよ。つまり……このままじゃ冬夜君はお姉ちゃんより偉《えら》くなっちゃうのよ！」

「……は？」

……このお姉様ってば、なに言ってんの？

「お姉ちゃんとして弟より下なんてのはダメなのよ！　ここはひとつお姉ちゃんの実力を見せつけて、冬夜君と同じ上級神の神格を取ってやろうと……あいたっ⁉」

熱弁を振るい始めた花恋姉さんの頭にズビシッ！　と、チョップをかます。

「何日も姿を見せないし、連絡《れんらく》も取れないから心配していればそんな理由か！　くだらなすぎて言葉もないわ！　言葉もないわ！」

「なんで二回⁉」

確かに僕は世界神様の眷属なので、神格だけなら上級神クラスらしいが、立場としては今いる神様の中で一番下だ。ちゃんとした上級神と認められるには世界神様の話だと一万年ほどかかるらしい。つまり、それまではあくまで『新神《しんじん》』であり、ぺーぺーなわけで。

僕と花恋姉さん、どちらが上かと尋ねれば、神様全員が花恋姉さんだと答えるだろう。

見ろ。飛行神様も呆《あき》れた目で見ているじゃないか。

「うう……。お姉ちゃんの威厳《いげん》が……」

「そんなものは初めから無い！」

「言い切った!? あるのよ！ ちょびっとくらいはあるのよ！」

まったく……。余計な心配をかけさせるなっての。これなら諸刃《もろは》姉さんの言う通り、ほっといてもよかったか。

神格と神の地位は別物で、比べられるものじゃない。まあ、神格によって責任は重くなってくるみたいだけどさ。

理由はわかった。さて、とりあえずこの馬鹿《ばか》姉をどうするか。ユミナたちも心配しているし、無理矢理《むりやり》にでも連れて帰りたいところだが……。

「で、その試験ってのはいつ終わるの？」

ため息をつきつつ僕が尋ねると、花恋姉さんは顔を歪《ゆが》めて苦痛の表情を浮《う》かべた。……なんなの？ というか、そもそも試験内容ってどんなんだろう？

「もう終わりにしたい……。終わりにしたい……んだけど、こればっかりは二人が納得《なっとく》しないと終わらないのよ……」

ブツブツと口にしながら虚空《こくう》を見上げた花恋姉さんが、機械のようにオムライスを口に運ぶ。目に光が無くなってるんですけど……。なにがあった？

オムライスを食べるだけのマシーンと化した花恋姉さんの代わりに、ケチャップだらけの飛行神が答えてくれた。あーもう。気になるからハンカチで拭《ふ》いてあげよう。

「昇神試験ってのはな、大抵《たいてい》は自分の得意分野で『こういうことができる』って能力を示す場合が多いんだ。神格を上げるってのは、自らのランクアップを証明するようなものだしよ。で、恋愛神の場合だが……」

「花恋姉さんの場合……ってえと、恋愛事、ですか？」

「おう。喧嘩《けんか》中の夫婦《ふうふ》神がいてな。簡単に言えばその仲裁《ちゅうさい》に入って、事を丸く収めれば合格、失敗すれば失格、ってなことなんだが……」

なるほど。仲直りの手伝いってわけか。確かにそれは恋愛神としての力が問われるな。

僕が感心していると、薔薇《ばら》の茂みの奥《おく》から言い争う男女の声が聞こえてきた。だんだんとこちらに近付いてくる。ひょっとして喧嘩中の夫婦神か？

「っ、来たのよ……！」

花恋姉さんがカランとスプーンを取り落とし、苦痛に満ちた表情を浮かべる。

「おっと、そ、そんじゃオイラはここで。じゃあな、新神《しんじん》。また美味《うま》いもん食わせてくれよ！」

「あっ、飛行神！　逃げるなんてズルいのよ⁉」

慌てた飛行神がガゼボからパタパタと飛び去っていく。あからさまに逃げたけど……なに、その夫婦神ってそんなにヤバい奴《やつ》らなの⁉

僕が内心ビビっていると、茂みの奥にある石畳の道から、一組の男女が姿を現した。

「おい、恋愛神！　この堅物《かたぶつ》になんとか言ってやってくれ！」

「恋愛神！　この軽薄《けいはく》男になんか言ってやってよ！」

怒鳴《どな》りながらバンッ！　と花恋姉さんがいたテーブルを叩く神二人。怖っ。これが話に出てきた夫婦神か。

男の方は日に焼けた赤銅色《しゃくどういろ》の肌《はだ》を持ち、いかにも体育会系といった、筋骨隆々《りゅうりゅう》な偉丈夫《いじょうふ》だった。

サファイアのような碧眼《へきがん》に短い金髪、古代ローマ人の着ていたようなトーガ風の青い衣装を身に纏《まと》い、その足には黄金のサンダルを履《は》いている。

女の方は黒髪《くろかみ》ロングに色白の女性で、どちらかというと美人系のタイプだった。整った顔立ちに榛《はしばみ》色の目、和服に似たような白地の服に紺地《こんじ》の帯を締めてはいるが、足元は黒《くろ》革《かわ》のブーツだ。

「えっとぉー……。と、とりあえず、二人とも落ち着いてなのよ。まずは冷静になって話し合いを……」

「あれからずっと話し合っちゃいるが、こいつがまったく聞き耳持たん！　話にならんわ！」

「なに言ってんのよ！　人の話を聞かないのはあんたの方でしょうが！　なんでもかんでも否定して、まるで子供のワガママだわ！」

「なんだと⁉」

「なによ⁉」

睨《にら》み合《あ》いながら口論を続ける二人に圧倒《あっとう》されて僕はなにも言葉をかけられなかった。はっきり言って怖《こわ》い。うちの父さんと母さんも夫婦《ふうふ》喧嘩《げんか》はしたが、父さんが折れるか、母さんがすぐ謝《あやま》って、長くは続かなかったし。

「えっと、花恋姉さん、この二人が……？」

「海洋神と山岳神《さんがく》なのよ……」

花恋姉さんがゲンナリした顔で男神と女神《めがみ》を指し示す。ははあ、海の神様と山の神様か。

てっきり海の神様の方が女性かと思ったら逆だった。よく『母なる海』とか言うからさ。でもギリシャ神話で有名なポセイドンとかも男神だし、別におかしくはないのか。山の神様の方も『山男《やまおとこ》』とか男性のイメージがあったけど、『大地母神』って言葉もあるしな。あんまり気にすることでもないか。

「海の神様と山の神様が夫婦なのか……。まったく反《そ》り合わない気がするんだけど……」

「普段は仲のいい夫婦神なのよ。でも一度こじれるとどっちも意地っ張りだから……」

「「意地っ張りなのはこいつだけ（だ）（よ）!!」」

ステレオで怒鳴られた。こりゃ確かにしんどそうだ。まあ、そうじゃないと試験にならないんだろうけど……。

「だいたいお前はいつも辛気《しんき》くせえ山に篭《こも》ってるから考え方が古くせえんだ。もっと海のように大らかにだな……！」

「はっ！　考えなしのクラゲみたいに、あっちにフラフラ、こっちにフラフラしてる男に言われたくないわね。ほんとしょっぱい男！」

「なんだと!?」

「なによ!?」

おいおい、エンドレスかよ……。どっちも相手の話を聞く気がないんじゃまとまるものもまとまらんだろ……。

「『恋愛神《れんあいしん》はどう思う⁉』」

睨み合っていた顔を、ぐりんと九十度回転させ、二人の視線が花恋姉さんへと向けられる。背後に燃えるような炎《ほのお》のオーラが見えた気がした。神の怒《いか》りってやつか？

話を振られた花恋姉さんが引きつった笑顔《えがお》で口を開く。

「ああ、えーっと……あ、冬夜君！　同じ既婚者《きこんしゃ》として、二人にアドバイスしてあげてほしいのよ！」

「はぁ⁉」

ちょ、なんでこっちに振る⁉　これってば花恋姉さんの試験だろ⁉

「恋愛神、こいつは？」

「地上での私の弟なのよ。ほら例の新神の」

「ああ、世界神様の眷属になったっていう？　既婚者だったのね。それなら話が早いわ」

いやいやいやいやいや！　ちょっと待てって！　確かに僕は既婚者だけど、正直言ってほとんど夫婦喧嘩らしい喧嘩もしたことがないんですけども！

大抵は僕が謝って終わるし、数で来られたら勝てないしなあ……。

「お前も男ならわかるだろ⁉　女房《にょうぼう》なら旦那《だんな》の意を汲《く》んで自ら動くべきだよな！」

「はあ⁉　『アレ、持ってこい。アレだよアレ』じゃ、念話でも伝わるわけないでしょうが！　ちゃんと名称《めいしょう》を言いなさいよ！」

「そこを察するのが女房だろうが！」

「私、アンタのお母さんじゃないから無理！　ねえ、こいつ何かしてもらって労《ねぎら》いの言葉ひとつもないのよ⁉　どう思う⁉」

「あー、そうですねぇ。ありがとうの一言くらいは欲《ほ》しいところですよねぇ……」

山岳神に意見を求められて、若干《じゃっかん》引きながら答える。僕もちゃんと言えてたかな……？　なるべく言うようにはしてたけど、疎《おろそ》かにしてた時もあったかもしれない。

僕に同意されてドヤ顔になった山岳神に、海洋神が舌打ちする。

「そうやってお前が細かいことをネチネチネチネチ言ってくるから言う気もなくすんだよ！　何万年も前のことを未《いま》だに蒸《む》し返したり……。何度謝らせりゃ気がすむんだ⁉　いい加減にしてくれ！」

「あー、確かに。もうすでに終わったことを何度も言われてもねぇ。今さらどうしろって話で……」

「だろ⁉」

「ちょっと！　あなたどっちの味方なのよ！」

いや、どっちの味方でもないですけれども。

目の前で火花を散らし、言い争う二人。意見を求められてどちらか寄りに答えれば、もう片方に責められる。理不尽《りふじん》だ。

愛想笑《あいそわら》いと『まあまあ、落ち着いて』という仲裁の繰《く》り返《かえ》しに、精神がゴリゴリと削《けず》られていく。

っていうか、なんで僕がこんな目に遭《あ》ってんの⁉

元凶《げんきょう》である花恋姉さんの方を盗《ぬす》み見《み》ると、我関せずと残ったオムライスをぱくぱくと片付けていた。おいこら、お姉さまァ！　アンタの試験でしょが！

ちょっと殺気を覚えた僕の肩越《かたご》しに、山岳神がテーブル上のオムライスに目を向ける。

「……恋愛神、さっきからなに食べてるの？　なんか美味しそうね？」

「それってアレか？　地上の食いもんか？」

興味深そうに二人が花恋姉さんの皿を覗《のぞ》き込む。

ああ、そうか。神様は食べなくても死なないし、神界には『神酒《ネクタル》』や『神蜜《アムリタ》』、『神の果実《アンブロシア》』など完全なる食べ物があるせいか、神界の料理は地上の料理とはまったく違《ちが》った食べ物なんだっけ？　珍しいのかな？

「調理神のやつが自分の研究室《キッチン》に閉じこもって何万年も出て来ねえから、地上の食いもんなんて久しぶりに見たな……。おい、これってもうねえのか？」

「ありますけど……ああ、そうですね、食事にしましょう！　お腹《なか》が空《す》いてるとイライラしますからね！」

海洋神の問いかけに僕は殊更《ことさら》大きな声でそう言って、【ストレージ】からオムライスを含《ふく》めた何品かをテーブルの上に並べる。とりあえず今は喧嘩する相手から気をそらしとこう。

「おお……！」

「美味しそう……！」

ガッツリ系からあっさり系まで、なるべくいろんな種類を取《と》り揃《そろ》えてテーブルに並べる。興味を引いたのか、二人は言い争いをやめ、それぞれ椅子《いす》に座《すわ》って目の前の料理に手を伸《の》ばし始めた。

……ふう。根本的な解決にはなってないけれど、食べ物でこの言い争いが一時的にでも止まるのなら安いものだ。

しかし、どうやって仲直りさせればいいのやら……。

◇　◇　◇

「はい、あなた。あ～ん」

「ん！　美味い！　お前から食べさせてもらうと美味さが増すな！」

「やだもう！　恥《は》ずかしいじゃない……」

僕は目の前で繰り広《ひろ》げられる甘《あま》ったるい言葉の応酬《おうしゅう》に、手にしたコーヒーを口に含んだ。

ブラックのはずなのに甘い気がする……。

「これも美味いな！　山の恵《めぐ》みが溢れる山菜が最高だ！　お前のような優《やさ》しい味にホッとする……」

「あら、こっちの海鮮《かいせん》料理も美味しいわよ？　海が育《はぐく》んだ旨味《うまみ》が凝縮《ぎょうしゅく》されているわ。深みのある大人の味で素敵《すてき》よ」

口に含んだコーヒーを全部吐《は》き出《だ》してしまいそうなイチャイチャした会話に耐えて、なんとか飲み込む。

苦味を。僕にもっと苦味をくれ……。

「いったいどういうことなんだ……？」

二人とも料理を食べ始めると、それぞれに意見を話し始めた。初めは『美味い』という共通の意見をお互《たが》い勝手に述べているだけだったのだが、そのうちお互いの食べているものを相手に勧《すす》めるようになった。そしてその料理について楽しげに会話をするようになったかと思ったら、あっという間にこの甘々空間が形成させていたのだ。

「もともとは仲のいい夫婦神なんだよ。長引くと思ったが、今回の夫婦喧嘩は短かったな。さすが恋愛神だぜ」

「私、なにもしてないのよ……」

いつの間にか舞《ま》い戻《もど》ってきていた飛行神が、今度はミートソースまみれになりながら僕の疑問に答えてくれた。なに？　トマト系が気に入ったの？

花恋姉さんは花恋姉さんで、疲《つか》れた目をしながらストローで果実水を飲んでいる。なんとも言えない虚《むな》しさを感じているとみた。そりゃそうか。あれだけ苦労してた問題が勝手に解決してしまったのだから。

結局、放っておけばよかったってことなんだろうか。『夫婦喧嘩は犬も食わない』とはよく言ったものだ。

「やっぱりお前は最高だな！」

「もう！　あなたったら！」

目の前でのイチャイチャ劇を見ているとさっきまでのアレはなんだったのかと僕《ぼく》も虚しくなってきた。よくもまあ、ここまでラブラブ光線を放ちまくれるもんだ。素直《すなお》に感心する。周りの人たちも大変だよな……。

そんなことをつぶやくと、花恋姉さんが呆れたような顔をしてこちらを見ていた。え、なに？

「なに言ってんの。冬夜君たちもあんな感じなのよ？　……自覚ないって怖いのよ」

なん……だと……？

え、あんな感じなの、僕ら……。確かにハグしたり、挨拶《あいさつ》代わりのキスとかは増えた気はするけど……。そんな人の目を気にしないほどだったかな……。

えーっと…………してないな。うん。結婚《けっこん》したんだから別にいいだろって考えてた気がする。

「まあ、新婚《しんこん》さんなんだからラブラブなのは仕方ないとは思うけど」

「だよね！　仕方ないよね！」

新婚だからラブラブなのは仕方ない！　仕方ないのだ！

なぜか火照《ほて》ってきた顔を誤魔化《ごまか》すように、僕は残りのコーヒーを一気に飲み干した。

◇　◇　◇

結論から言うと花恋姉さんの試験は不合格となった。海洋神と山岳神の夫婦を花恋姉さんが仲直りさせたわけではなく、勝手に仲直りしたのだから無効、というわけだ。

しかしさすがにそれはどうかということで、花恋姉さんは追試を受けることもできたらしい。が、心身共に疲れたのか、花恋姉さんは不合格をあっさりと受け入れ、しばらく昇神試験は見送ると告げた。まあ、無理もないか。

そして万神殿《パンテオン》から僕らが帰ってくると、心配していたみんなが一斉《いっせい》に花恋姉さんを取り囲んだ。

「お帰りなさいませ、お義姉様《ねえさま》。ご無事でなによりです」

「花恋義姉上、大丈夫《だいじょうぶ》かの？　顔色が良くないぞ？」

「あっ、あの、花恋お義姉ちゃん、お風呂《ふろ》ができてますから、一緒《いっしょ》に入りません、か？」

「うわぁぁぁぁぁん！　みんな大好きなのよう！」

みんなに優しい言葉をかけられて、花恋姉さんが感極《かんきわ》まってユミナとスゥ、リンゼにぎゅーっと抱きついてしまった。心配させんなっての。

「や。戻ってきたんだね」

そんな花恋姉さんを苦笑《くしょう》しながら眺《なが》めていた僕に、背後から声をかけてきたのは諸刃姉さんだった。

「大変だったよ……」

「だから放っておいても大丈夫だって言っただろ？」

確かにそうだけど。もっと詳《くわ》しく教えてくれればよかったのに。わかってたら行かなかったわい。

まあ、僕が行かなかったら花恋姉さんはまだ帰って来られなかったかもしれないけど。

「諸刃姉さんは昇神試験を受ける気はないの？」

「私は剣《けん》だけを振り回《まわ》している方が好きだからね。中級神なんかになると、他の神々といろいろ話し合わないといけなくなるし、休暇《きゅうか》だってなかなか取れなくなるし。あんまりメリットはないかな」

そうなのか？　僕の知ってる上の神というと……世界神様以外だと上級神の時江《ときえ》おばあちゃんだけだが。あ、破壊神《はかいしん》もいたか……。

時江おばあちゃんなんかはいつも編み物をしてたり、みんなとお茶してたり、けっこう暇《ひま》そうだけど。

「時空神さ……時江おばあちゃんは何万年ぶりかの休暇も兼《か》ねてここに来ているからね。まあ、あの方の力をもってすれば、時間なんてどうにでもなるんだけど」

そりゃ時間と空間を司《つかさど》る神様なんでしょうからそうでしょうね。その気になれば過去や未来へも跳《と》べるんだろうなあ。

「その気もなにも……あれ？　聞いてないのかい？　時江おばあちゃんはちょこちょこ未来へ行っているよ。君の子供たちとよく遊んでくるらしいし」

「初耳っスけど⁉」

え⁉　なに⁉　おばあちゃん僕より先に子供たちと遊んでんの⁉　ズルくない⁉

これは公私混同ではなかろうか。……今度写真撮《と》ってきてもらおうかな……。

とりあえずこれで一件落着か。いろいろとハプニングが多すぎて疲れたよ……。

花恋姉さんたちはみんなでお風呂に入りに行ってしまった。諸刃姉さんもだ。

僕もひとっ風呂浴びたいところだが、夕食の前に片付けておかないといけない仕事がある。高坂《こうさか》さんに怒《おこ》られる前に済ませておこう。

あー、そういや、エンデの結婚式《けっこんしき》の打ち合わせもしないといけないなぁ。夜に酒場にでも呼び出すか。

僕はスマホを取り出して、ポチポチと打ったメールをエンデへと送った。

◇　◇　◇

「なんでそんな面白《おもしろ》いことになっていたのに、私は地上《ここ》にいなかったのか！　大《だい》！　後《こう》！　悔《かい》！　なのよ！」

ダンッ！　と、テーブルに両拳《りょうこぶし》を打ちつけて、うなだれる花恋姉さん。

夕食後、花恋姉さんがいなかった時の出来事をあれこれと教えたらこの有様だ。面白くなかったぞ、別に。面倒《めんどう》なだけで。

「元々は私が企画《きかく》したのに……！　やはり試験日をズラすように頼《たの》めばよかったのよ……。私がその場にいればリリエルちゃんとリスティスちゃんの仲を進展させることだってできたのに……惜《お》しいのよ……！」

「え、花恋お義姉ちゃんの能力《ちから》ってそっち方面も大丈夫なんです、か⁉」

リンゼが幾分《いくぶん》かキラキラした目で花恋姉さんに尋《たず》ねる。

「恋愛に貴賤《きせん》はないのよ？　性別も年齢《ねんれい》も種族も身分も関係ないの。そこに相手を想《おも》う気持ちがあればね。一方通行で相手を思いやることができないのは、恋《こい》してる自分が好きなだけの、単なる自己愛だけど」

どこかの作家皇女と同じようなことを言いますな……。別にそれ自体は否定せんけど、恋愛神の能力《ちから》まで使うなよ。

食後のコーヒーを飲みながら僕は復活の早い姉に、少々呆れていた。

……おっと、メールが来た。エンデの奴が酒場に着いたらしい。じゃあ行ってくるか。

「それじゃ、ちょっと行ってくるね」

「なんじゃもう行くのか？　男同士の付き合いもいいが、嫁《よめ》たちとの会話も大切にせんと、そのうち『けんたいき』になってしまうぞ？」

「ちょっと誰《だれ》!?　スゥに変なこと教えたの!?」

部屋の隅《すみ》に控《ひか》えていたシェスカが白々しく目を逸《そ》らして口笛を吹くフリをした。あのエロメイドめ。帰ってきたらお仕置き……は喜ぶからな。エロ発言禁止令を出してやる。

シェスカを睨みつけながら、【ゲート】を使って酒場へと転移する。

フードをかぶり店へ入ると、騒《さわ》がしいほどの喧騒《けんそう》と陽気な音楽が耳に飛び込んできた。

相変わらず賑《にぎ》わっているな。……っていうか、あそこでピアノ弾《ひ》いてるの奏助《そうすけ》兄さんだろ……。なにやってんのさ、音楽神。

「あ、冬夜。こっちこっち」

「悪い、待たせた……あれ？」

僕はすでにテーブルに座っていたエンデと、そこにいた同伴者《どうはんしゃ》を見て少し驚《おどろ》いた。そこにはエンデの横にリセ、向かいの席にはメルとネイが座っていたのだ。珍《めずら》しいな。こんな夜に酒場に来るとは。

「こんばんは、冬夜さん」

「久しぶりだな」

「ばんわ」

三人とも僕の渡《わた》した星形のペンダントを首から下げて、人間の幻影《げんえい》をまとっている。どこからどう見ても人間の少女にしか見えない。

前に会った時と比べてなんか垢抜《あかぬ》けたな。服とかは幻影じゃなくて本物だよな、それ。ちょっとオシャレにも気をつけている感じがする。この世界に馴染《なじ》んできたってことなのかね。

「珍しいな。三人とも酒場なんかにはあまり来ないのに」

僕はエンデとメルの間に椅子を持ってきて座った。四人ともすでに酒と料理を注文したらしいので、僕も果実酒を頼む。酒場に来て飲まないってのもね。地球だとまだ未成年だからダメだけどさ。異世界バンザイ。

「私たちの結婚式の相談に乗ってもらうんですもの。顔を出すのは当然ですわ」

「エンデミュオンに全《すべ》て任せていたら、メル様が恥《はじ》をかくかもしれんからな。当然のことだ」

「披露宴《ひろうえん》のメニューチェック。当然」

ああ、そういう……。

エンデの方を見ると乾《かわ》いた笑いを浮かべながら、エールを飲んでいた。苦労してんな、お前も……。

「披露宴はいいんだけど、招待客ってそんなにいるのか？」

今更《いまさら》ながらだけど、こいつらの交友関係ってどうなっているんだろうか。一応僕らは出席する予定だけども。

「僕は一応銀ランクの冒険者《ぼうけんしゃ》だからね。他《ほか》の冒険者やギルドの職員たちなんかと付き合いがあるし、メルたちも仲良くなった町や城の人たちがいるよ」

そうなのか……。思ったより馴染んでんだなぁ。常識知らずだからてっきり煙《けむ》たがれてるのかと……。

「これでも一つの世界の『王』でしたから。民《たみ》の話を聞くのは慣れていますので。後はそれぞれ悩《なや》みを聞いてあげたり、適材適所に人や物を回せば皆《みな》さん喜んでくれますわ」

なんでもないことのようにメルが答えてくれたが、なにその使えるスキル。ひょっとしてメルってかなり使える人材なのかね……？

高坂さんのサポート職にスカウトするか？　まあ、それはまた今度でいいか。今日は結婚式の話だからな。

「そういえば今さらだけど他の支配種とかって連絡とか取ってるのか？」

今までフレイズが追いかけていた理由がここにいるメルだ。フレイズの『王』であるメルの力を狙《ねら》って、あるいはメル自身に再び『王』へと戻ってもらうために、フレイズたちは幾多《いくた》の世界を渡り歩《ある》いてきた。

変異種やユラのこともあり、この世界へやってきたフレイズはほとんど壊滅《かいめつ》してしまったが……。

「リセはまだいいとして、ネイはもともとメルを連《つ》れ戻すためにこの世界まで追いかけて来たんだろ？　そっちはもういいのか？」

僕の質問にネイが少しため息をつきながら口を開く。

「本当に今さらだな……。確かに以前の私はメル様が『結晶界《フレイジア》』にお戻り下さることを願っていた。しかし私の本当の願いは違ったのだ。ただメル様の側《そば》にいたかった……それだけだったのだ。その気持ちを『結晶界《フレイジア》』のためと嘘《うそ》で塗《ぬ》り固《かた》め、エンデミュオンに嫉妬《しっと》していただけだったのだな。ここに来てようやくそのことがわかった。故《ゆえ》にもうメル様を『結晶界《フレイジア》』へと連れ戻す必要は私にはないのだ」

どこかすっきりとした表情でそう話すネイの頭を、横にいたメルがいい子いい子となでなでしている。

「ふふ。これからはずっと一緒よ、ネイ」

「め、メル様……！　その、こういうことは人前では……！　あうう……」

赤くなり俯《うつむ》いて照れているネイ。なんかすっごく貴重な場面を見ているような気がするぞ。動画で撮ったろか。

何気にメルさんハーレムなんだよなぁ……。本人同士がいいなら問題ないんだけどさ。

そんなことをしているうちに料理がテーブルに届いたので、僕もその中の串《くし》焼《や》きを一本手に取り、かぶりつく。おっ、美味い。

「その……『結晶界《フレイジア》』って世界では、メルの弟だかが新たな『王』になっているんだっけ？」

「ええ。『王』としての力は私より落ちますが、民草のために力を尽《つ》くす優しい『王』です。あの子には迷惑《めいわく》をかけることになってしまいましたが、いつか会いに行けたらと……」

会いたいのなら会いに行けばいいのにと思うのだが、いろいろと思うところがあるのだろう。先代の優《すぐ》れた『王《メル》』が帰還《きかん》したとわかったら、また担《かつ》ぎ上《あ》げられるかもしれんし、いま必死に頑張《がんば》っている現『王』にとっては、その治世に致命的《ちめいてき》なダメージにもなりかねない。それは姉として、メルも望んではいないだろうしな。

僕も初めは元の世界に帰れなかったから、その気持ちはわかる。戻れないのなら、そのことを受け入れて、前向きに生きていくしかないんだ。

ちょっとしんみりしてしまったので話を本題に戻す。

「で、だな。結婚式自体は公国《うち》にある教会で行っていいんだよな？」

「うん。こっちじゃ神に誓《ちか》うってより、精霊《せいれい》に覚悟《かくご》を見届けてもらうって形なんだろ？ 問題ないよ」

エンデ自身が『武神の眷属《けんぞく》』だしなぁ……。精霊より位としては上なんじゃないかね。なんか変な気もする。

いや、僕の時もそうだったたし、婚姻届《こんいんとどけ》の証人に会社の部下が……って考えるとそう的外れでもないのか。

「結婚式の後のパーティー会場は宿屋『銀月《ぎんげつ》』で、と」

「うむ。あそこなら広さも料理も申し分ない。こちらで頼んでおいたメニューは大丈夫なのか？」

「大丈夫だ。問題ない。あとは……頼まれていた喫茶《きつさ》『パレント』のアエルさんに注文するウェディングケーキなんだけど……」

「それ！　それが一番大事！　早く見せる」

興奮したリセに急《せ》かされて、用意してあったケーキの見本リストを【ストレージ】から取り出す。検索《けんさく》してプリントアウトしたやつだ。一枚ずつ写真付きである。

「すごいです！　これは食べるのがもったいないですね！」

「うむむ……。純白に色とりどりの花のやつもいいが、こちらのフルーツいっぱいのも捨てがたい……。いや、こっちのも……」

「私たちは四人なんだから四つというのもアリ……？」

いやいや、ウェディングケーキって新郎《しんろう》新婦が一個ずつ食べるもんじゃないから。四人で一個まるまる食べるもんでもないからな？

エンデがリストの中の二メートルくらいはありそうなケーキを見ながらむむむと唸《うな》る。

「こんなに高さがあって、もし倒《たお》れたらどうするんだろ……。大変なことになるんじゃ……」

「ああ、高さがあるのは大抵イミテーション……偽物《にせもの》だよ。見栄《みば》えを良くするための作り物で、ほとんどが食べられないやつだ」

「「「………」」」

スッ、とメルたちの手から高さのあるケーキが弾《はじ》かれる。あ、やっぱりそこ重要なのね……。

リストの束を見ながら四人が検討するのを眺めながら、僕は酒場のウェイトレスさんに注文を追加した。

「えっと、豆サラダと芋《いも》の煮《に》っころがし、ソーセージ詰《つ》め合わせと塩手羽先……あと他になにか食べるか？」

追加注文があるかとウェイトレスさんから振《ふ》り向《む》くと、四人とも動きが止まっている。目は中空を見つめ、微動《びどう》だにしない。え？　なんだ、どうした？

「聞こえます……」

「え？」

なにかメルのつぶやきが聞こえたが、小さくてよく聞き取れなかった。

「……『響命音《きょうめいおん》』が聞こえたんだ。遠いけど、確かにこれは『響命音《きょうめいおん》』だ」

「いや、だから『響命音《きょうめいおん》』ってものを知らんのだが」

エンデが説明してくれたが、わけがわからん。もちっと詳しく説明したまえ。

「『響命音《きょうめいおん》』とは私たちフレイズが放つ命の波動。私たちが冬夜さんに封《ふう》じ込めてもらったあの『音』です」

ああ、あれか。フレイズたちはメルの放つその音を頼《たよ》りにこの世界へとやってきたんだっけな。ギルドに配ったフレイズの出現を知らせる『感知板《タブレット》』もそれを利用して作られているんだ。

「ん？　ちょっと待て。ということは……！」

「フレイズがこの世界に出現したということだ」

その言葉にガタッと立ち上がろうとする僕をネイは手で制する。

「慌《あわ》てるな。現れたのは一体のみ。しかしこの反応は……」

「支配種。だけど、ちょっと……変？」

「なっ……！」

支配種⁉　まさか、ユラの仲間が残っていたのか⁉　変ってのは変異種化してるんじゃ……！

そんな僕の不安をネイが否定する。

「少なくとも私は知らない『響命音《きょうめいおん》』だ。今まで会ったこともない奴だろう」

「ユラの仲間じゃないのか？　……まさかと思うけど、ユラの分体……ってことはないよな？」

　フレイズは単体で次代を作れるって話だった。ユラが死ぬ前に自分の分身を残したとかそういう……。

「いや、前にも話したと思うけど、支配種は親の核《かく》、その特徴《とくちょう》を受《う》け継《つ》ぐ。それは『響命《きょうめい》音《おん》』も同じなんだ。この音はユラの『響命音《きょうめいおん》』とは似ても似つかない。絶対にユラの分身体じゃないよ。どちらかというと……」

　エンデが歯切れ悪く、ちらっと向かいに座るメルに目を向けた。

「メル様の『響命音《きょうめいおん》』に似ている……。まさか『王』？」

　え？

　リセの言葉に僕は思わずメルへと視線を向けてしまった。『王』ってメルの弟の？　フレイズの『王』が変異種化してしまったのか⁉

「確かに似ています……。ですが私の知るあの子の『音』とは少し違う。まさか本当に変異種化して……？」

　メルの表情には複雑な思いが浮《う》かんで見えた。本当にメルの弟の『王』なのか？　だけど『王』ほどの支配種なら修復中の『世界結界』を抜《ぬ》けるのは難しいはず……。どうなっている？

「冬夜、地図を出して」

「えっ？　あっ、うん」

エンデに言われるがまま僕はテーブルの上に小さな地図を空中投影《とうえい》する。しばらくその地図を睨みつけていたエンデだったが、やがてその中の一点を拡大して指し示した。

「……ここ。ここからその『響命音《きょうめいおん》』がする。冬夜の転移魔法《まほう》で行けるかい？」

「ラーゼ武王国か。行ったことはないから【テレポート】で……。遠いけど神気を使えば跳べるな。今すぐか？」

僕の問いかけに四人ともコクリと頷《うなず》く。エンデも簡単な転移魔法は使えるらしいが、長《ちょう》距離《きょり》は無理らしいからな。よし。なら行こう。

注文をキャンセルして料金を払《はら》う。少し迷惑料《めいわくりょう》を足しといた。ピアノを弾いていた奏助兄さんに事情を話して少し遠出することを伝えると、四人で酒場を急ぎ足で出る。

すぐに建物の陰《かげ》に入り、みんなにはエンデにしがみついてもらった。いや、僕にしがみついてもらうわけにもいかないからさ……。

後ろからそのエンデの肩《かた》を掴《つか》み、神気をまとわせた【テレポート】で一気にラーゼ武王国へと跳ぶ。

「おっと！」

出現したところは町にある建物の屋根の上だった。その数十センチ上に出現した僕らは、全員問題なく着地する。高低差を考えていなかったな。失敗した。

「まさかの町中とはね……。冬夜、ここは？」

「えーっと、『アマツミ』……。アマツミの町だな。それほど大きくない町だ」

の、割には賑わっている。屋根から見下ろす町並みは、夜だというのに魔光石《まこうせき》のネオンやランプなどが色とりどりの輝《かがや》きを放っていた。通りは広く、数台のゴレム馬車が行き交《か》っている。

町に並ぶ家々の造りは西方大陸にしては珍しく、レトロなイメージを受ける。大雑把《おおざっぱ》なイメージだが、西部劇の町並みに近い。ガンマンもカウボーイもいないようだが。

「まだ町は壊滅はしていないようだな」

闇夜《やみよ》の中に光る町を見下ろしながら、ネイがつぶやく。おい、縁起《えんぎ》でもないこと言うなよ……。

でも確かに支配種が現れたって割には家の一つも壊《こわ》れていないな……。

僕らは屋根から下り、通りを行き交う人々たちを眺める。

「この町にいるのか？　それとも……」

「聞こえます……。間違《まちが》いなく近くにいます。あっちの方向に――」

メルが視線を向けた先、大通りの先に、よく見ると人だかりができている。なにやら騒ぎが起きて、野次馬《やじうま》が集まっているようだ。

まるで有名人が町に現れたかのように、人で埋《う》め尽くされている。

「おい、誰か！　保安兵呼んでこい！　ゴレムもだ！」

「いいぞ！　やっちまえ！」

「そこだ！　ぶっ飛ばせ！」

なんだろう、ケンカか？　まさか変異したフレイズの『王』がケンカしてるんじゃなかろうな？

「馬鹿《ばか》な。メル様より戦闘力《せんとうりょく》が低いとはいえ、我らフレイズの『王』だぞ。人間や機械人形ごときが相手になるか」

ネイが僕の独り言を耳にしてすぐさま否定の言葉を返す。

だよな。支配種が暴れてたらこんな規模の被害《ひがい》ですむわけがない。

とにかく僕らが捜《さが》している支配種はあの騒ぎの中心にいるようだ。人でまったく見えないけど。

「仕方ない。【プリズン】」

「おっ、おおっ⁉　なんだぁ⁉」

人混《ひとご》みの中、長方形の形に【プリズン】を形成。見えない壁《かべ》に押《お》されて人の壁が二つに割れる。まるで海を割るモーゼみたいだな。

その中を悠々《ゆうゆう》と通《とお》り抜け、僕らは騒ぎの中心へと至る。そこにいたのは――――。

「このっ……！　クソガキがぁ！」

「遅《おそ》い遅い。そんな動きでボクを捕《つか》まえられるわけないだろ。おじさんたち本当に強いの？」

三人の屈強《くつきょう》な男たちに囲まれているというのに軽口を叩《たた》きつつ、ポケットに手を入れたまま攻撃《こうげき》を避《よ》け続けている幼い少年。

年《とし》の頃《ころ》はレネよりも下……六歳《さい》か七歳くらいか？　しなやかに動き回るその姿は、どこか子猫《こねこ》を思わせた。

いや、子猫っていうか……。僕は思わずその少年と、横にいてポカンとした顔をしている同行者を見比べてしまう。

少年の少し長い白い髪《かみ》、人をちょっとからかうような笑顔《えがお》、そして長いマフラー。似ている。いや似ているっていうか、これ……。

「え、エンデミュオン……。お前、弟がいたのか？」

「いないよ……。っていうか、あの子から『響命音』がしているんだぞ。『渡る者』なはずがない……」

僕と同じ疑問をネイがぶつけてくれたが、エンデが否定した。弟じゃない？　でもあの姿は……。

少年がこちらに視線を向ける。あ、こっちに気付いた。

「ん？　あ、やっと来た。んもー、遅いよ。おかげで変な奴《やつ》らに絡《から》まれて大変だったんだからね！」

「ぐはっ⁉」

「おごっ⁉」

「ぶふうっ⁉」

ドドドン！　と繰り出された三連撃で男たちが地面に沈《しず》む。おいおい、なんだ今の……。一発一発が速い上に重い一撃《いちげき》だったぞ。小さいけどこの子かなりの使い手なんじゃ……。

「あっ、陛下も来てたんだ！　わあ、嬉《うれ》しいな！」

「えっ⁉」

とびきりの笑顔でこちらへと駆《か》けてくる幼い少年。ちょっと待て、僕を知っているのか？　目の前に来てにこやかに微笑《ほほえ》む姿を見て、僕はひとつ間違えていたことに気がつく。えっと、この子……女の子だ、よね？

キラキラとしたアイスブルーの瞳《ひとみ》がこちらへと向けられる。

「うわぁ、みんなあんまり変わってないね！　少しだけ若い、のかな？　あ、後で写真撮っていい？」

「えっと……君、は？」

テンションが上がりっぱなしの幼い少年……いや、少女に僕が代表して尋ねる。他四人が固まっているからさ……。

「ああ、そっか。ボクのこと知らないんだっけ。えっと、初めまして？　ボクはアリステラ。お父さんとお母さんたちはアリスって呼ぶよ。だからこっちでもそう呼んでほしいな！」

「ちょ、ちょ、ちょ、ちょっと待ってくれ！　えっと、君……アリス？　お父さんとお母さんたちってのは……」

僕が待ったをかけると、アリスと名乗った少女はなんでもないことのように、エンデを指差し、その後、メル、ネイ、リセを順番に指差した。

「お父さんと、お母さんたち、だよ？」

「「「「ッ、はあああああぁぁぁぁ――――っ!?!?」」」」

ネオンサイン瞬《まばた》くアマツミの町に僕らの絶叫《ぜっきょう》がこだました。

◇　◇　◇

「えっ、じゃ、じゃあ、本当にエンデさんの娘《むすめ》さんなんですか⁉」

「どうもそうらしい……」

ユミナに事情を話しながら、ソファーの上で横になり、メルに膝枕《ひざまくら》されて寝《ね》ている少女を横目で見る。

とりあえずブリュンヒルドの王城へと帰ってきた僕らはアリステラ……アリスと名乗った少女から話を聞こうとしたのだが……。

「ねみゅい。ボクもう寝ゆ……」

とだけ言い残し、電池が切れたようにメルの膝《ひざ》の上を枕《まくら》にして寝てしまったのだ。マイペースな子だなあ……。

その姿を黙《だま》って眺めているネイに僕は話しかけた。

「いったいなにがどうなってるんだか……。とりあえず、あの子がエンデと君らの子供っては間違いないのか？」

「いや、正確には違《ちが》うと思う……。この子は間違いなくフレイズの特性を引いているが、『響命音』は私とリセのものではない。正しくはエンデミュオンとメル様の間の子……だと思う。『響命音』は嘘をつかないからな」

まあ、髪の色はエンデに似ているし、目の色はメルのそれだしな。

メルの子供ということは、エンデと同じく結婚しているネイとリセを母と呼んでいてもおかしくはない。

十中八九、アリスが二人の子供ということは間違いないのだろう。となると……。

「できちゃった婚《こん》……いや、できちゃってた婚か……」

「冗談《じょうだん》でも笑えないよ、冬夜……」

「私も産んだ覚えはないのですけれど……」

アリスのご両親に睨《にら》まれた。ごめん、ちょっと場の空気を和《なご》ませようと思って。

「ま、未来から来たお前たちの子供って可能性が高いよな」

「未来から、ですか？　どうやって……ああ、時空魔法⁉」

ユミナがパン、と手を叩く。その音に、ううん、とアリスが寝返《ねがえ》りを打ったので、僕らは声を潜《ひそ》める。

「おい、お父さん。娘をベッドに運んでやれ」

「だから……！　くっ、もういいよ！」

エンデが静かにアリスを抱《だ》き上げて、メイド長のラピスさんの案内で別室へと連れて行く。その後ろを心配なのか、メルとネイ、リセのお母さんズがぞろぞろと付いて行った。

ああやって寝ながら運ばれると気持ちいいんだよね……。子供の頃、僕も父さんに運ばれたことをぼんやりと思い出した。

「時空魔法ね……。確かにそれならわからないでもないわ。実例もあるしね」

リーンがソファーで腕《うで》を組みながらつぶやく。

パレリウス王国の始祖、時空魔法の使い手アレリアス・パレリウス。その息子《むすこ》で裏世界へと事故で飛んでしまったプリムラ王国の始祖、レリオス・パレリウス。

彼《かれ》は裏世界へと飛ばされた時、時を二百年ほど遡《さかのぼ》っている。まあ、飛ばされた本人は気がつかなかったようだが。

確立された魔法ではないが、確かに時空魔法には時を超《こ》える力があるのだ。

「じゃああの子が時空魔法の使い手だっていうの？」

「いや、あの子が望んでこの時代に飛んできたのかはわからない。少なくともレリオス・パレリウスの時は事故だったわけだし……」

未来の世界じゃわからないけど、時を超《こ》える時空魔法なんて聞いたことないしな。レリオスと同じようになにかの事故で未来から過去へ？

未来でなにかとんでもない事件が起きたのだろうか……。むむむ……わけがわからん……！

「よくわからんが、時間のことならば時江《ときえ》おばあちゃんに聞けばよいのではないか？　確か『時空神』なのじゃろ？」

「あ」

うむむと唸る僕を横に、スゥがあっさりと正解を導き出す。

そうだ、そうだった。時江おばあちゃんは時間と空間を司る『時空神』だ。今回のこともおそらくわかるはず。

……いや、ひょっとしてアリスを過去《ここ》へ連れてきたのは時江おばあちゃんかもしれないぞ。諸刃《もろは》姉さんの話だと、ちょこちょこ未来へ行ってたらしいし。

「おばあちゃんは？」

「ええと、朝はバルコニーにいつも通りいました、けど……」

僕が尋ねるとリンゼがそう教えてくれた。日中、大抵《たいてい》おばあちゃんはバルコニーで編み物をしている。フレイズのせいでボロボロになった『世界の結界』を編み物を通して修復しているのだ。

夜は僕らと食事をとったり、スゥやリンゼたちと話をしてたりするが、だいたいは早く寝てしまう。

もう十時を過ぎている。さすがにもう寝てしまったか？　……お？

僕《ぼく》がいつもの気配を感じ、後ろを振り向くと、その場に時江おばあちゃんが転移してきた。

「はいはい、お待たせしちゃったかしら」

時空神であるおばあちゃんは、僕と同じ世界神様の眷属でもあるから、転移してくるその気配を感じることができる。

僕が積もり積もった疑問を尋ねようとすると、おばあちゃんは手をかざして一旦《いったん》それを制した。

「わかっているわ。アリスちゃんのことでしょう？」

「やっぱり知っていたの？」

「時間転移したんですもの。私が気付かないわけないでしょう。私が迎《むか》えに行くよりあなたたちが行った方がいいと思って、この時代に流れ着いてもしばらく放っておいたけど」

おばあちゃんは微笑みながらそう語る。ずいぶんとアリスのことを知っているようだ。

やっぱりアリスとも顔見知りなのか。

「あの子はやっぱりエンデとメルの？」

「ええ。未来で生まれる二人の子供よ。フレイズのように核から成体に進化するのではなくて、人間のように普通《ふつう》に育った子なの。もちろんフレイズの特性も持ち合わせているわ」

ネイの言った通りか。あの子がエンデとメルの間に生まれる未来の子供だということはわかった。疑問なのはその未来からなぜこの時代へやってきたかということなんだが……。

「あの子を過去《ここ》へ連れて来たのはおばあちゃんなの？」

「そうとも言えるけど、直接の原因は違うわ。あの子たちは『次元震《じげんしん》』に巻き込まれたの。時と時の断層のズレに弾かれて飛ばされてしまったのよ。時空の歪《ゆが》みは水の波紋《はもん》のように広がり、津波《つなみ》のように漂《ただよ》うものをどこまでも押し流《なが》してしまう。だからそうなる前にこの時代へと流れるように誘導《ゆうどう》したの」

ということは時空の狭間《はざま》を永遠に漂うかもしれなかったのを、おばあちゃんがこの時代に引き上げたのか。

地球でも都市伝説とかで時空漂流者《ひょうりゅうしゃ》の話はでよく聞くけど……。あれも本当なんだろうか。僕にはわからん。

「漂っていた時にきちんと説明はしたんだけど、大人しく待っていられなかったようね。

あの子、おてんばだから」

大の男三人を相手に大立ち回りしたのを『おてんば』の一言で済ませていいものか悩むところだが、問題はそこじゃないな。

「その『次元震』？　によって、未来の世界はなにか大災害に見舞《みま》われたってことなのか？」

よくタイムスリップ物なんかにある、崩壊《ほうかい》した未来から過去を変えるためにやって来る未来人、なんてイメージが脳裏《のうり》に浮かび、思わずごくりと唾《つば》を飲んでしまう。

「いいえ、特になにも起こってはいないわよ。次元震は時の歪み。水面《みなも》に落とされた水滴《すいてき》が生み出す波紋のように、周りに大きく広がっていくけれどすぐに元に戻《もど》るわ。今回はたまたまその中心近くにあの子たちがいたってだけ。未来の世界は平和そのものよ」

「で、でも未来のエンデさんやメルさんたちは心配してるんじゃ……」

「未来の彼らは現在の彼らよ？　なにが起こったかは全部知ってるわ」

リンゼの問いかけに時江おばあちゃんが微笑みながら答える。あれ？　でもおかしくないか？

「てことは、未来のエンデ、いや、僕らを含《ふく》めて、全員その次元震が起こるのを知ってたんだよね？　なんで防ごうとか、アリスを遠ざけようとかしなかったんだろ？」

「防ぐ必要がないから、かしらね。アリスちゃんたちは問題なく次元震が起きた数秒後に帰ってくるから。決められた過去からね。それに防ごうとしても防げないとわかっているから」

えっと……未来は変えられないってことなのか？　タイムスリップ物とかで過去を変えようと未来人が来るが、結局変えられなかった……てな結末を迎える物も少なくないけど。

「アリスが来たことにより未来が変わってしまうなんてことは……」

「私を誰だと思っているの？　そんな心配は無用よ。この件に関してはなんの心配もいらないわ」

おおう。さすがは上級神にして世界神様の眷属。なんて心強い。

詳《くわ》しく聞いてみたが時の精霊が事象の修復をどうのこうのとかよくわからなかったが、とにかく問題はないらしい。

アリスから未来のことを聞いても、それで原因で歴史が変わることはないとか。変えようとしても、おばあちゃんの変えさせない力が働く……ってこと？　歴史の強制力ってやつか？　さすが時の管理者、半端《はんぱ》ないって、時空神……。

「アリスが過去に来たことも、無事に未来に戻ることも、すでに確定された未来……ということかしら……」

リーンが再び腕を組んで考え込む。

バビロン博士の未来を覗《のぞ》くアーティファクトだと不確かな未来しか覗けなかったのにすごいよなあ……。

おそらく逆に未来を変えちゃうことも簡単なんだろうな……。なんだそれ。神かよ。神だった。常識が通じないのは今さらか。

地上の出来事にあまり干渉《かんしょう》しないってのが神様たちの建前だから、未来が大きく変化するのはダメだとかなんだろうか？

「のうのう、おばあちゃん。それでアリスはいつまでこっちにいるのじゃ？」

スゥがソファーの背もたれから身を乗り出し、時江おばあちゃんに尋《たず》ねる。

ふむ。おばあちゃんの話だとアリスは必ず未来へ無事に戻るわけだ。明日帰っても一年後に帰っても、元いた未来の時代では数分しか経《た》ってないとはいえ、あまり長くいるのはマズいかもしれない。下手したらこっちの時代のアリスも生まれて、アリスが二人になりかねんし。

「そうね、次元震の波が落ち着くまで……こっちの感覚だと数ヶ月《すうかげつ》かしら。みんな揃《そろ》ったら私が責任を持って未来《あちら》へ帰すから心配いらないわ」

「あの、先程《さきほど》からずっと気になっていたのですけれど……」

おずおずとヒルダが小さく手を挙げる。ん？　なにか気になることがあったか？

「時江お祖母様《ばあさま》は先程、『あの子たち』は次元震に巻き込まれた、って……。その、ひょっとして……」

「あら！　あらあら、そうね！　その説明がまだだったわね。ごめんなさい。一番大切なことを後回しにしちゃったわ」

時江おばあちゃんが、パンッ、と手を叩いて苦笑いを浮かべる。え？　なに？

「次元震に巻き込まれたのはアリスちゃんだけじゃなくてね。あなたたちの子供たちもなの。だからそのうちこっちの時代にやってくると思うわ」


『『えっ？』』


ハモった。僕と僕の奥《おく》さんたちの声がそりゃあ見事にハモった。

数秒の間、頭が真っ白になり、なにも考えられなかった。おそらくみんなも同じだったと思う。それこそ時が止まったかのように僕らは微動だにしなかった。時間停止？　これって時空神の能力《ちから》なの？

やがて僕らの時は混乱とともに動き出す。

「えええええっ！　どっ、どういうことですか、お祖母様ぁっ⁉」

「こっ、子供たち⁉　あ、あ、あたしたちの⁉」

「おっ、おっ、落ちちちち、落ちっ、着いて！　お姉ちゃん！」

「み、未来から来るでござるか⁉　拙者《せっしゃ》たちの子供が⁉」

「私《わたくし》と、冬夜様の……！」

「お、お、おばあちゃん！　それは本当かの⁉　本当なのかの⁉」

「さすがに驚《おどろ》いたわ……。でもダーリンとの子供が……？　本当に？」

「ま、まだ母としての心構えが！　どっ、どっ、どうしましょう……！」

「もうお母さんに……！　早すぎる……！」

大パニックだ。いや僕もパニくっているが、周りがこうだと逆に反応できない。狼狽《ろうばい》するタイミングを失ったとも言う。

「えっと……おばあちゃん？　その、それはいつごろ……？」

「巻き込まれたタイミングがそれぞれ違うからこっちへの到着《とうちゃく》に多少のズレはあるけど、全員数ヶ月以内かしら。アリスちゃんが一番早かったというだけでね。それぞれ近くにいた子たちならまとめて現れるかもしれないけど」

「そっ、そっ、その！　大丈夫《だいじょうぶ》なのでしょうか！　子供たちだけで危険なところに放《ほう》り出《だ》されたりしたら……！」

慌てながら迫《せま》るルーの肩をやんわりとおばあちゃんが押さえる。

「あのね、アリスちゃんもだけど、あなたたちの子供って、ほとんどが金か銀ランクの冒険者なの。巨獣《きよじゆう》とか生身で倒《たお》してるし。心配するだけ損よ？」


『『えっ？』』


ハモった。僕と僕の奥さんたちの声がそりゃあ見事にまたハモった。

全員、金か銀ランク？　嘘だろ……？　巨獣を生身で倒した？　僕、それフレームギアで倒して金ランクになったんスけど……。

お父さん立《た》つ瀬《せ》ないわー……。

「お、おばあちゃん！　あたしの子供って金ランク!?　それとも銀!?」

「あっ、あの！　私の子供っていくつくらいの……！」

「拙者の子の剣《けん》の腕前《うでまえ》は……！」

「はいはい、そこまで。全部私が言っちゃったら、つまらないでしょう？　それは会った時の楽しみにしなさいな。あ、アリスちゃんにも口止めしとこうかしら」

『ええー……』

奥さん全員から、そんなぁ、という声が漏《も》れる。

大変なことになったぞ……！　まさか出産とか育児とかすっ飛ばして、成長した自分らの子供たちに会うことになるとは。こう言ったら悪いがエンデの問題なんか頭からもう吹《ふ》っ飛《と》んだわ！

「と、とりあえず……」

僕は検索サイトを開き、『子供との接し方』と打ち込んだ。

第五章　来訪者再び

翌朝。

抜けるような青空が大食堂の窓から見える。雲ひとつなく晴れて、今日はとてもいい天気になりそうだ。

そんな爽《さわ》やかな朝だというのに、食堂は異様な緊張感《きんちようかん》に包まれていた。長いテーブルを囲むのは、僕と奥さんたち、時江《ときえ》おばあちゃんと諸刃《もろは》姉さん、それに耕助叔父《こうすけおじ》（他《ほか》の神様たちはまだ寝ている）、そこにゲストとして、エンデ、メル、ネイ、リセ、そして渦中《かちゆう》のアリスが座《すわ》っていた。

こんなに大人数だというのに、ほとんど話もなく、カチャカチャという食器と皿が擦《す》れる音と、アリスの楽しげな声だけが響《ひび》いている。

「おいしー！　ボクこれ大好き！　お母さんも食べなよ！」

「え、ええ。いただくわね」

テーブルに載《の》っていたベーコンエッグを食べながら、アリスが隣《となり》に座るメルへ笑顔を向

ける。

　その一挙手一投足をチラチラと窺《うかが》いながら、僕らはどう話をしたらいいもんか、間合いを計りかねていた。アリスが時江おばあちゃんに口止めされたとはいえ、聞きたいことは山ほどあるのだ。

「ア、アリスちゃんは、今いくつなの？」

　おおっ、エルゼがいった。当《あ》たり障《さわ》りのない話から広げていこうという腹づもりだな？

笑顔がなんか引《ひ》き攣《つ》っているけど。

「ぷっ」

「えっ、えっ？　な、なにかおかしかったかな？」

　ナイフとフォークを持ったまま、突然《とつぜん》噴《ふ》き出したアリスにエルゼが慌てふためく。

「先生が『アリスちゃん』とか言うからだよー。いつもと違うからおかしくって」

「せ、先生!?」

「えっと、エルゼ先生はボクの武術の師匠《ししょう》なんだ。あ、歳《とし》は六つだよ」

「そ、そうなんだ……」

　エルゼが師匠!?　アリスは武闘士《ぶとうし》なのか……？　確かに男たちを倒した昨日の動きは武闘士のそれだったが……。

得られた未来の情報に僕は驚くとともに少し納得《なっとく》もしていた。父親であるエンデとエルゼは武神の兄妹弟子《きょうだいでし》だ。そういう関係だったとしてもおかしくはない。

「……ちょっと待って。エルゼが師匠って、僕は教えたりしてないの？」

「お父さん、滅多《めった》に帰ってこないし。帰ってきたと思ったら疲《つか》れて寝てるしさ」

「……帰ってこないってどういうこと？　エンデミュオン……？」

「僕っ⁉　いやっ、知らないよ⁉」

メルに冷ややかな目を向けられ、首をブンブンと振るエンデ。いや、帰ってこないのは未来のエンデであって、現在《いま》のエンデを責めるのはあんまりだろ。

「仕事が忙《いそが》しいって言ってた。一応」

「一応って！　そこは信じようよ⁉」

必死になって娘に弁護を頼《たの》む父エンデ。なかなかに面白《おもしろ》い家庭のようだ。

「というか、こいつ仕事してたんだ？」

「冬夜《とうや》まで……」

「お父さんは冒険者《ぼうけんしゃ》ギルドでギルドマスターの仕事してる。担当はブリュンヒルドじゃないけど」

へえ。ポロッと未来の情報が聞けたね。エンデのやつ、未来では冒険者ギルドで働いてるのか。ま、今でも冒険者だし、ギルドで働いてると言えば言えなくもないけど。

「だからエルゼが師匠になって教えているのか……。武流《たける》叔父《おじ》には教えてもらってないのか？」

「教えてもらおうとしたらお父さんに止められた。『じごくをみるにははやすぎる』って」

「ナイス、僕……！」

小さくガッツポーズを取るエンデ。まあ、わからんでもない。あの武神になんか任せたら、絶対に幼少期の性格形成に影響《えいきょう》が出る。闘《たたか》うことが全《すべ》ての傍若無人《ぼうじゃくぶじん》な娘に育ったりしたら泣くに泣けない。

「じ、じゃあ、わ、私の子供もアリスと一緒《いっしょ》に習ってたり？」

接点が見つかったからか、エルゼがぐいぐいといくな。僕らも聞きたいので、あえて邪魔《じゃま》はしない。

「んー、エルナは蹴《け》ったり殴《なぐ》ったりは嫌《きら》いだからなあ。リンネとは一緒によく戦ったりするよ。この前も……」

「アリスちゃん？」

「え？　あー……えへへ、これナイショだった。あんまり喋《しゃべ》っちゃうと会った時の楽しみが減るもんね。後でみんなに怒《おこ》られちゃう。しっぱい、しっぱい」

時江おばあちゃんの言葉に、アリスが小さく舌を出す。自分のことならまだしも、僕らの子供のことは口止めされているようだ。

しかしもう遅い。少なくともエルゼの子供が『エルナ』、素手《すで》で戦ったりするのが嫌いということがわかった。……エルゼの子供だよな？

たぶん娘だと思う。エルゼの娘なのに戦ったりが嫌い？　なんでだろ？

エルゼも同じことを考えたのか、微妙《びみよう》な顔をしている。

それと、リンネ？　って名前の子も僕の子供かな……。

ちら、とエルゼの隣でなにやら挙動不審《きよどうふしん》な動きをしているリンゼに目を向ける。うん、名前からして、リンゼの子供の可能性が高いよな……。

僕と同じ考えに至ったのだろうが、聞きたいけれど今はおばあちゃんのブロックが入るため、リンゼはなんとか堪《こら》えているようだ。

後で二人っきりになれれば、ポロッと漏らすかもしれないが。あんまりアリスって細かいことを気にしない子っぽいし。

「あ、じゃあ今日暇《ひま》ならボクと試合してよ、お父さん」

「え、僕と？」

アリスは横に座るエンデの腕を引く。お？　父娘《おやこ》対決か？

エンデがメルに視線を送ると、メルもどうしたものかという困惑《こんわく》の表情を浮《う》かべていた。

「北の訓練場ならひとつ空いてるよ。やるなら私も見学させてもらおうかな」

「やった！　決まりだね！」

サラダを口に運びながら諸刃姉さんが提案すると、アリスがばんざーい、と両手を上げた。

騎士団《きしだん》の訓練に関しては、諸刃姉さんと騎士団長のレインさんに任せてある。スケジュールを把握《はあく》している諸刃姉さんがそう言うのなら空いているのだろう。

「あ、じゃああたしも見学させて。どれくらいの実力か見てみたいし」

「お、お姉ちゃんが見学するなら、私、も」

「拙者も見学させてもらうでござるかな……」

「で、では私《わたくし》も！」

ってな感じで次々と手が挙がり、結局全員見学ということになってしまった。みんなアリスに興味津々《きょうみしんしん》だな。もちろん僕もだけれど……。

みんなあわよくば自分の子供の情報を、と虎視《こし》眈々《たんたん》とチャンスを狙《ねら》っているのかもしれない。

いずれわかるのだから聞かないでも……という気もするが、やはり事前の心構えはしておきたいよね。

ま、それはそれとして、アリスの実力が気になるのも本当だし。アマツミの町でその片《へん》鱗《りん》は見たけど、あれが全力ではないだろう。

それじゃあ、未来の金・銀ランクの力を見せてもらうとしようかな。

◇　◇　◇

「ねえ、冬夜。僕、試合に勝つべきかな……？」

「難しい問題だなぁ……」

訓練場への道すがら、エンデがこっそりと僕に尋ねてきた。

試合とは言うまでもなく、目の前をみんなに囲まれて歩くアリスとの試合のことだろう。

「父親の威厳《いげん》を保つためには勝たなければならんだろう。親父《おやじ》というものは越えるべき壁であり、子供にとって初めての目標となる人物と言っても過言ではないしな」

「や、やっぱりそうかな？」

「ただ、これは『男の子の場合は』と前置きが付くような気もする。女の子相手に本気になるのもどうかと思うし、なにより負かした時に『お父さんなんかキライ！』なんてなったら……」

「脅《おど》かさないでよ……！　結局どっちなの⁉」

エンデが心底困ったような顔をして僕に迫る。んなこと言っても、僕にもわからんですよ。正直、僕も同じ目に遭《あ》う可能性が高いので、エンデの行動を参考にさせてもらう気でいる。骨は拾ってやるぞ、安心しろ。

悩《なや》み続けるエンデをよそに、僕らは北の訓練場へとやってきた。ここは騎士団が使う訓練場とは違い、神気によるとんでもなく強い結界を張っている。つまりは大暴れしても大《だい》丈夫《じょうぶ》ってことだ。

魔《ま》法《ほう》の実験や試《ため》し撃《う》ち、諸刃姉さんや武流叔父が技《わざ》を見せる時などに使う。あとは魔獣《まじゅう》を転移させてきて、騎士団との集団戦とかにも使うね。

そしてその一角に一段高くなった武闘場があった。

エンデとアリスはお互《たが》いに魔獣の革《かわ》でできたオープンフィンガーのグローブを着け始めた。ガントレットで殴り合うわけにもいかないしな。

アリスの手に合うものがなかったのだが、リンゼが裁縫《さいほう》道具を取り出し、あっという間に普通のグローブを子供用に作り変えてしまった。ちょっと待って、なに今の？

【高速裁縫】とでもいうのか、まさかリンゼの眷属《けんぞく》特性なのか？

サイズを変えられたグローブを着けてアリスが握《にぎ》ったり開いたりして感触《かんしょく》を確かめている。

これは拳《こぶし》を保護するとともに、相手に与《あた》えるダメージも軽減するものだ。とはいえ、与える衝撃《しょうげき》はそのままなので、殴られたら痛いことに変わりはない。本当に大丈夫だろうか……。

時江おばあちゃんが止めないってことは大丈夫なんだろうけど……。

「よし、じゃあ始めようか」

諸刃姉さんの言葉によってエンデとアリスが武闘場中央へと移動する。

「魔法の使用は禁止。それと武闘場から落ちたら失格だよ。制限時間は五分。試合続行不可能だと私が判断したらそこで終わりだからね。いいかい？」

エンデとアリスが小さく頷《うなず》く。並んでみると身長差がすごいんだが、本当に大丈夫かなあ。エンデは一七〇センチ超えてるけど、アリスの方は一二〇センチもないだろ……。

「では、始め！」

「よーし、いっくぞーっ！」

ドンッ！　と、まるでロケットのような爆発力《ばくはつりょく》で突撃《とつげき》したアリスが、右の拳を振《ふ》りかぶる。

繰《く》り出される拳をエンデが左手で受け止めた瞬間《しゅんかん》、今度は突《つ》き上《あ》げるような左拳がエンデの顎《あご》目掛《が》けて飛んでいく。

「おっと」

スッと身を引いてその一撃を躱《かわ》したエンデに、追撃《ついげき》を放っていくアリス。かなり速い連続攻撃《こうげき》をエンデは的確に捌《さば》いている。

「動きはなかなかでござるな」

「ええ。小回りをきかせた無駄《むだ》のない動きです。しかし、いささか真っ正直過ぎる感じもしますね」

八重《やえ》とヒルダがそんな感想を漏らす。真っ正直ってのはフェイントなんかを使ってないってことかね？

横にいたエルゼに声をかけてみる。

「未来の師匠としてはどうですか、エルゼさん？」

「まだなんとも言えない。基本的なことしか教えていないのかもしれないし。……あっ」

「哈《ハ》ッ！」

エルゼのつぶやきに視線を戻すと、アリスがエンデの正面から大きな『気』の塊《かたまり》を掌《しょう》底《てい》に乗せて放っていた。あれって『発勁《はっけい》』か？

「くっ！」

両腕《りょううで》をクロスさせてそれを防いだエンデだったが、発勁に押《お》されて後方に一歩退《さ》がってしまう。その隙《すき》を狙っていたのか、アリスが両腕を前に突き出すと、その先から水晶《すいしょう》の茨《いばら》が飛び出してきた。

「【薔薇晶棘《プリズマローズ》】！」

「なっ⁉」

数本の茨によって、あっという間にエンデの足が搦《から》め取《と》られる。すぐさま手刀を放ってそれを切断したエンデだったが、再び搦め取られるのを避《さ》けるためか後方へと跳《と》び、アリスから距離《きょり》をとった。

「メル様、今のは……」

「ええ。私の【薔薇晶棘《プリズマローズ》】ですね……。驚きました」

「間違《まちが》いなくあの子はメル様の娘」

フレイズのお母さんズは感心しているけど、あれってルール違反《いはん》じゃないのかね？　魔法じゃないからＯＫ……なのか？　フレイズにとっては手足のようなものだとすればアリなのかもしれない。諸刃姉さんが注意してない以上、たぶんＯＫなのだろう。

引き戻された水晶の茨は、アリスの肘《ひじ》から先にぐるぐると巻き付き、拳の先端《せんたん》にさらに大きな水晶の拳を作る。

「やあっ！」

「えっ⁉」

アリスの突き出した右拳からバネのようにぐるぐると茨を引きつけたまま、大きな水晶の拳がエンデへ向けて放たれた。まるでスプリングが付いているみたいだ。

あんな感じのキャラクターが戦うゲームをネットで見たことあるな……。ボクシンググローブにスプリングがついて飛び出すようなやつ。

「あれも私の【晶輝断罪《プリズマギロチン》】の応用ですね。うまく使いこなしています」

唖然《あぜん》とする僕とは対照的に、感心したようなメルが小さく頷く。母親《フレイズ》の特性を活《い》かした戦いがアリスのスタイルなのだろうか。

「くっ！」

エンデに避けられた水晶の拳が、バネに引き戻されるようにアリスの方へと戻っていく。と、同時に今度は反対の拳が大きく弧《こ》を描《えが》くようにエンデを襲《おそ》った。あ、あれは避けられんぞ。

「武神流《ぶしんりゅう》・響震烈破《きょうしんれつぱ》！」

向かってくる大きな水晶の拳に対し、エンデは右の掌底突《づ》きを放った。

パァンッ！　と、大きな音とともに水晶の拳が細かく砕《くだ》け散《ち》る。

「まだまだだよっ！　粉、砕ッ！」

滑《すべ》るように前方へと飛び込んだアリスの正拳突《せいけんづ》きが、エンデの鳩尾《みぞおち》へと繰り出される。

まるでエルゼの動きをトレースしているみたいだ。師匠なんだから当たり前か。

しかしそれはマズい気がするぞ。なぜならエンデとエルゼは、それこそ毎日のように武流叔父の下で試合をしている。相手の動きなんぞ、手に取るようにわかるわけで。

だからその裏をかいたり、先の先を読んだりの駆《か》け引きが大事になってくるのだ。エルゼに比べ、先ほどヒルダが『真っ正直』と評価したアリスの動きだと……。

エンデはアリスの攻撃を横に引いて躱し、その手首を掴《つか》んでぐいっと下に引き寄せた。

バランスを崩《くず》したアリスが前のめりの体勢になると、素早《すばや》く足を払《はら》い、その胴《どう》に左腕《ひだりうで》を差し込み跳《は》ね上げる。

「えっ？　わっ！」

空中に浮かんだアリスが綺麗《きれい》にくるりと半回転して背中から地面に落ちる。すぐさま立ち上がろうとするアリスの顔面にエンデの拳が振り下《お》ろされた。当然、その拳は寸止めされる。

「そこまで。勝者、エンデ」

諸刃姉さんが手を上げて試合終了《しゅうりょう》を告げる。ふむ。勝ったか。いや、エンデが勝つとは思っていたけど、わざと負けるってパターンもあったからな。油断して負けたら思いっきり笑ってやろうとか考えてたのは秘密だ。

「むーっ！　こっちのお父さんなら初見だし、いけると思ったのにぃ！」

「ははは。甘《あま》い甘い。いくらなんでも子供に負けるわけにはいかないさ」

地面に倒《たお》れたまま悔《くや》しがるアリスに、エンデはそう軽く応えてこちらへと歩いてくる。

「……おい、顔が引きつってるぞ」

「いや、危なかった……！　なんなの、あの子!?　ビックリ箱みたいな子だよ、まったく……！」

エンデが小さな声で僕とすれ違《ちが》いざまにそんなことをつぶやく。なんなのってお前の娘《むすめ》だろ。実感ないかもしれないけどさ。

そんなエンデを両脇《りょうわき》からガシッとネイとリセの姉妹がホールドする。

「えっえっ!?　なに!?」

「もう少し手を抜《ぬ》いてやれないのか、貴様は」

「うむ。エンデミュオンは娘への優《やさ》しさが足りない」

そのままエンデはズルズルと訓練場の隅《すみ》へと連行されていく。うわ、理不尽《りふじん》。

当のアリスは気にした風でもなく、ぴょんと立ち上がった。

「ねえねえ、陛下！　次は陛下が相手してよ！」

「え!?」

訓練場の隅で説教されるエンデをちらりと見て、僕は危険な状況《じょうきょう》にいることを悟《さと》った。エンデの横に並ぶ未来しか見えないんですが。これはなんとしても回避《かいひ》せねば。

「えっと、ありがたいお誘《さそ》いなんだけど……」

「次は私が相手するわ。いいわよね、冬夜？」

僕がなんとか言い訳をして断ろうとしていると、オープングローブを装着したエルゼがスッと前に出ていく。さすがウチの奥さん。助かった。

「若い時の先生とかぁ、面白そう！　よーし、やるぞー！」

テンションを上げたアリスがエルゼと対峙《たいじ》する。ワクワクした顔しちゃってまあ。やっぱりまだ子供だな。

「小さいながらなかなかやるでござるなあ。しかしこうなってくると……我らもうかうかしていられぬでござるな、ヒルダ殿《どの》」

「ええ。本分ではないのでそのままでしたが、ちょっと私たちも銀ランクに上げてきましょうか」

八重とヒルダがなにやら頷き合っている。

八重たちは冒険者ギルドに登録はしているが、それが本業ではないので、ランクを上げるようなことは特にしていない。僕の場合は金ランクの指名依頼《いらい》とかもあるが、八重たちは時々ダンジョン島に行き、見回り目的に魔獣を狩《か》るくらいだ。なので二人とも赤ランクのままなのである。

アリスが時江おばあちゃんの言う通り金か銀ランクだとするなら、八重たちよりも上のランクということになる。もちろん実際は未来の冒険者ギルドに登録しているのだろうから、現在《こちら》では無登録だろうけども。

というか、よく六歳《さい》の子に登録許可が下りたな……。ギルドマスターであるレリシャさんの手回しだろうか。冒険者は実力主義とはいえ、そこんとこどうなんだろう。

まあ、八重たちが本気になったら銀ランクなんてあっという間だろう。悪さしているドラゴンあたりをチョチョイと仕留めればいい。あとは巨獣を一体倒《たお》せば金ランクに昇格《しょうかく》するんじゃないかね。

金、銀ランカーが賑《にぎ》やかなことになりそうだ。ほとんど身内だけどね……。

エルゼとの試合後（試合はもちろんエルゼが勝った）、アリスが過去の城下町を見物したいというので、家族水入らずで送り出した。さすがについていくのは野暮《やぼ》ってもんだ。

エルゼ、八重、ヒルダたちは冒険者ギルドに行った。さっそくランクを上げるつもりらしい。ブリュンヒルドでは大物がいないので、調べてもらったところ、ロードメアの山岳《さんがく》州でサイクロプスの亜種《あしゅ》が二体暴れているとのこと。ドラゴンよりは見劣《みおと》りするが、とりあえず討伐《とうばつ》してくるという三人を【ゲート】でロードメアへと送った。終わったら電話するってさ。

時空魔法を調べるためにバビロンの『図書館』に来た僕《ぼく》は、博士とエルカ技師、『図書館』管理人のファムにこれまでのことを話していた。

「なかなか面白いことになってるね。しかし時を超《こ》える魔法か。さすがに天才であるこのボクでもこればっかりはなあ。……いや？　未来へと帰るアリス君に次元門を持たせて、時空間における特異点を作り出せば時間転移を……」

ブツブツと考え出してしまった博士を放って、僕は目の前のエルカ技師へと視線を戻した。

「確か黒の『王冠《おうかん》』、ノワールも時空魔法を使うんだよな？」

「あの子の場合はかなり限定的な能力だけどね。自分の時間を速めたり、他の時系列から力を引っ張ってきたり」

「未来や過去へ行くことはできるのか？」

「うーん、できなくはない……んじゃないかな？　だけど時を遡《さかのぼ》るほどの能力を使用するには、かなりの【代償《だいしょう》】が必要なはずよ。まあ、【代償】自体が時を遡っているわけだけど」

ノワールの【代償】は契約者《けいやくしゃ》の『時間』である。記憶《きおく》はそのままに肉体のみが若返るのだ。それだけなら実に羨《うらや》ましいことであるが、一歩間違えれば胎児《たいじ》にまで巻《ま》き戻されてしまう。恐《おそ》ろしい代償なのである。

「ノワールは時の揺《ゆ》らぎというか……時間を超えてやってくる者を感じることはできるのかな？」

「さあ……どうかしら？　常時能力を発動して、未来のノワールたちと感覚を共有すれば、わかるかもしれないけど。……まさかそのためにノルンに【代償】を払わせるつもりじゃないでしょうね？」

ぐるぐる眼鏡をずらし、ジト目でこちらを睨《にら》んでくるエルカ技師に対して、僕はブンブンと首を横に振った。

彼女《かのじょ》にとってノルンは妹だ。僕が妹に危険なことをさせようとしてるんじゃないかと思ったのだろう。もちろんそんなつもりはまったくない。

ノワールなら未来から子供たちがやってくる時期をなんとか予測できないかと思ったのだ。もちろん【代償】が必要となるなら却下《きゃっか》するつもりだったぞ。

アリスを見る限り、僕らの子供たちがそれなりに強いということはわかった。そこらの魔獣や魔物《まもの》相手なら負けはしないのだろう。だけど世の中の危険はそれだけではない。

子供を騙《だま》したり、利用して甘い汁《しる》を啜《すす》るクズもいるのだ。奴隷《どれい》商人だっていまだに存在する。

そんな奴《やつ》らに関《かか》わったりしやしないかと……。子供たちが未来から来たら時江おばあちゃんが教えてくれるとは思うけど、アリスも冒険者崩《ぼうけんしゃくず》れに絡まれていたし、正直心配だ。

思《おも》い悩む僕をよそに、思考の海から浮かび上がった博士が尋ねてくる。

「それはそうと次元震《じげんしん》の原因ってなんだったんだい？　アリス君に聞いてみた？」

「あー、そういや聞いてないな。まあ、次元震の発生は揺るがせない未来らしいから、聞いたところで僕らにはどうしようもないだろうけど」

未来でその次元震が起きたからこそ、アリスは過去《ここ》に来たわけだし。

海底地震《じしん》によって海底に地震断層が生じ、それが津波《つなみ》を発生させるように、次元震にもなにかしらの原因はあるはずだ。

かつて五千年前に起きたフレイズたちを次元の狭間《はざま》へと追いやり、世界結界を『巻き戻《もど》した』、黒と白の『王冠』の暴走。

今回の次元震も黒の『王冠』ノワールと、白の『王冠』アルブスの暴走とか？　まさか。

僕らはパレリウス老の残した時空魔法の本を片《かた》っ端《ぱし》から調べたが、これといって新しい発見はなかった。やはり狙って時を超えるのは難しいらしい。

子供たちがこっちにやってきたら、素直《すなお》に電話で連絡《れんらく》してくれると助かるんだが……。

そしたらすぐにでも迎《むか》えに行くのに。

まだ何も起こってないのに、すでに心労がすごい。お父さん、胃に穴が開きそうです……。

そんなこんなでアリスが来てから数日間が過ぎたわけだが。

「子供っていいよねえ、冬夜」

「……お前は誰《だれ》だ？」

聞く人が聞いたら誤解を招きそうなセリフを、ニマニマしながら語るエンデ。なんだこいつ。締《し》まらない笑顔《えがお》浮かべてからに……。

エンデはストランド商会の店先でカプセルトイを回して遊ぶ子供たちを、微笑《ほほえ》みながら眺《なが》めている。……お前、捕《つか》まるぞ？

「いやー、僕も娘とか言われてもいまいちピンとこなかったんだけど、一緒に暮らしているうちにかわいいなあって思えてきてさぁ。笑った目元とかがメルそっくりなんだよ。あれだね、世の中の娘を可愛《かわい》がるお父さんの気持ちがわかったよ」

「……だから、お前は誰だ？　そうか、エンデの偽者《にせもの》か」

「まあまあ、そのうち冬夜にもわかるようになるよ。楽しみだねえ」

「なんかムカつく」

悟ったような顔がまたそれに拍車《はくしゃ》をかける。一回ひっぱたいてやろうか。正気に戻るかもしれない。

「そんな話を聞くために呼んだんじゃないぞ。で？　なにか聞き出せたのか？」

「あー、まあ、いくつかは」

アリスと一緒に生活しているエンデたちなら、彼女からいろいろと未来の話を聞けただろう。その情報を僕らにも聞かせろということだ。主に僕らの子供たちの情報をだ。

「まず、冬夜の子供は九人。男の子が一人であとはみんな女の子らしいよ」

「それは知ってる！」

「あれ⁉」

あ、エンデにはそこらへん説明してなかったか。まあいい。次だ、次の情報をよこしんしゃい。

「えっと、あとは……。上は十一歳、下は五歳だとか？　一番上の子はもう金ランクらしいよ」

え、六年間に九人生まれてるのか？　いや、二人、三人は同い年もあるだろうから、そんな感じになってもおかしくはないか……。

しかし上は十一歳って、それってユミナと初めて会った歳とほとんど変わらないじゃないか。てことは、もう婚約者《こんやくしゃ》がいて、結婚《けっこん》まで秒読みとか？　いかん、まだ会ったこともないのにお父さん泣けてきた……。

娘を嫁《よめ》にやる父親の気持ちってこんなんなのかなぁ……。

「いや、その子、自分より強い人じゃないと結婚相手として認めないとか言ってるらしいよ。金ランクより上なんてそうそういるわけないから、未《いま》だに婚約者はいないみたいだ」

「ッシャアッ！」

大きくガッツポーズを取る。教育方針としてどうなのかと思わんでもないが、とりあえず今はＯＫとしとこう！

小さくても王家は王家。王女として生まれたからには政略結婚という選択肢《せんたくし》も出てくる。しかし僕としてはその選択肢は選びたくない。そもそも戦争回避や侵略《しんりゃく》推進、経済援助《えんじょ》などが目的ならば、そんなもんウチならどうにでもなるしな。

なので娘さんたちには自由恋愛《れんあい》で結婚してほしいと思っている。これは奥《おく》さんたちも同意見だ。

しかし残念なことに、残念なことに！　国同士の付き合いというものがある。家族ぐるみでのお付き合いというものもある。

そういった席で他国の王子などと出会い、恋《こい》をして、愛を育《はぐく》み、早期結婚——などというルートもあるからさあ！

だからこの展開は悪くはないと思う。よし、最初の子はめっちゃ鍛《きた》えよう。僕が嫌《きら》われない程度に。

……あれ？　これって未来からの情報で未来を決めてないか？

確かなんとかのパラドックスって…………いや、まあ考えるのはよそう。時江おばあちゃんがなにかしたんだろう、たぶん。そこらの矛盾《むじゅん》は神に任せた。

僕が心の中で時江おばあちゃんに問題をぶん投げていると、唐突《とうとつ》にエンデに肩《かた》を叩《たた》かれた。

「ところでさ。聞いたところによると、僕の娘は冬夜のところの息子《むすこ》が大好きらしいんだけど、それに関して君はどう思うかな？」

「え、なに？　肩痛いんだけど……」

「アリスがその子のお嫁さんになるとか言ってるんだけど、どう思うかな？」

あれっ、エンデさん……なんかキレてます？　肩を掴む力が強くなって、痛い痛い、痛いから！

「六歳で結婚考えるって、どういうことさ！　うちの娘はまだやらないぞ！」

「知らんわ！　まだ会ってもいない息子にキレられても知らんわ！　気が早すぎるだろ！」

娘を嫁にやる気持ちを現在味わっている奴が、目の前にいたわ。

だいたい、それってうちの息子からしたらどうなのよ？　相思相愛なわけ？　幼馴染《おさななじ》みの一方的な片想《かたおも》いってやつかもしれないじゃないか。

てなことを口に出したら、エンデと取っ組み合いになりかけた。

んもー、この親父《おやじ》面倒《めんどう》くさい！

◇　◇　◇

『いっくよーっ！』

アリスの乗る重騎士《シュバリエ》が地響《じひび》きを立てて巨獣《きょじゅう》へと向かっていく。その手にするはゴツい戦棍《メイス》。

迎え撃つのは猪《いのしし》型の巨獣、タスクボア。その巨体《きょたい》を弾丸《だんがん》のようにして重騎士《シュバリエ》に突っ込んでいく。

長く鋭《するど》い槍《やり》のような二本の牙《きば》が、機体に届くかというその瞬間、アリスの乗る重騎士《シュバリエ》は、鮮《あざ》やかに宙《と》へと舞《ま》っていた。

吹《ふ》き飛ばされたのではない。自ら跳んだのだ。まるで走《はし》り高跳《たかと》びのベリーロールのように、タスクボアの頭上を跳び超えてくるりと回転、簡単に着地する。

重騎士《シュバリエ》はフレームギアでも防御《ぼうぎょ》に重きを置いた重装型である。当然重く、動きは鈍《にぶ》い。

それをあれほど軽《かろ》やかに操《あやつ》るには、かなりの操縦技術と経験が必要なはずだ。

未来の世界でよく乗っていたというのは嘘《うそ》じゃないようだな。

「ブゴオオォォッ！」

方向を転換《てんかん》したタスクボアが再びアリスの重騎士《シュバリエ》へ向かって突撃を開始する。今度はアリスも手にした戦棍《メイス》を構えて真っ正面から対峙した。

『えいっ！』

アリスは鈍色《にびいろ》に光る戦棍《メイス》をタスクボア目掛《めが》けて投げつけた。え⁉　なんで投げんの⁉

ゴインッ！　と、鈍い音がして戦棍《メイス》がタスクボアの額に当たる。皮膚《ひふ》が裂《さ》け、そこから血が流れるが、その突撃は止まることはなかった。

『【結晶武装《けっしょう》】！』

突然《とつぜん》アリスの乗る重騎士《シュバリエ》の両腕から水晶の茨が飛び出して、両拳にぐるぐると巻き付き、水晶のガントレットを形作った。

アレってメルの……。

『粉ッ、砕！』

水晶のガントレットで固められた、重騎士《シュバリエ》の拳がタスクボアの鼻面《はなづら》に炸裂《さくれつ》する。

血飛沫《ちしぶき》と折れた牙をぶち撒《ま》けながら、派手にタスクボアが吹き飛ばされた。

顔面をひしゃげたタスクボアが地面に落ちて絶命する。

『やったあっ！』

「……あーあ、ダメだありゃ……」

拳を突き上げて、勝利のポーズを取る重騎士《シュバリエ》を見ながら、僕は引きつった笑《え》みを浮かべた。

その言葉が気に入らなかったのか、隣《となり》にいたネイとリセが眉根《まゆね》を寄せて睨んでくる。

「ダメだとはどういうことだ。アリスはよくやったではないか。可愛いウチの子になにか文句でもあるのか？」

「激しく同意。アリスは天才。とてもいい子」

ううむ、こっちも親バカ化してるなあ。ちらりとエンデに視線を向けると困ったような笑いを浮かべていた。

「冬夜の言った『ダメ』ってのは、戦い方ではなくて、倒《だお》し方ってことなんだ。アリスの戦い方はフレームギアを傷つけることなく、見事に倒しているけどあの倒し方はいけない。一番貴重な素材になる牙が途中《とちゅう》から折れて価値が値下がりしている。もったいないってことを言いたいんだよ」

タスクボアの牙は価値が高く、それだけに無傷で手に入れたいところだからさ。無傷のものと折れたのじゃかなり価値が違うから。

しかし銀ランクの冒険者《ぼうけんしゃ》ならそこらへんは知っているはずなんだがなあ。

……まあ、両親の前でいいところを見せようとしたんだろうな。攻撃を躱すのにあんな跳び方《かた》をする必要はないし。そういうところはまだ子供だな。

「えへへ。どう？　ちゃんと倒せたでしょ？」

重騎士《シュバリエ》から降りてきたアリスが満面の笑みでマフラーをなびかせて駆け寄《よ》ってくる。褒《ほ》めて褒めてオーラが全開だ。まるでブンブンと振られる尻尾《しっぽ》が見えるような気がするな。

何をもって『ちゃんと倒せた』とするのか悩むところだが、フレームギアの操縦技術が素晴《すば》らしかったことは事実だ。

この笑顔《えがお》に水を差すことは、さすがに僕もできない。

「うむ！　さすが我々の娘だ！　よくやったぞ、アリス！」

「アリスは強い。最強のフレイズ姫《ひめ》」

ネイとリセがアリスの頭を撫《な》で撫でしながら交代で褒めまくる。本当にデレデレだな……。

そのままアリスは笑顔でそれを見ていたメルの胸の中へと飛び込んいく。

「大丈夫？　怪我《けが》はない？」

「大丈夫《だいじょうぶ》だよー。ボク強いんだから。お母さんたちの次にだけど」

猫《ねこ》のように目を細めてメルに甘えるアリス。なんというか、ホント馴染《なじ》んだなあ。

今回はパレリウス王国で巨獣退治を行ったわけだが、これはギルドを通した依頼ではない。アリスがフレームギアを扱《あつか》えるというので、その実力を見るために僕が探したのだ。

基本的に巨獣は人里離《はな》れた山奥《やまおく》や、人の寄り付かない魔境《まきょう》などに生息する。それだけならドラゴンたちと同じく、お互い棲《す》み分けて不干渉《ふかんしょう》といきたいところだが、たまにはぐれ者が現れて、冒険者ギルドに討伐依頼《とうばついらい》が来るわけだ。本来は。

このタスクボアはパレリウス王国の中央神殿《しんでん》近くまで来ていたので、僕がパレリウス王国に巨獣退治を申し出たのだ。

快諾《かいだく》してくれたパレリウス女王には格安でタスクボアの素材を売ると約束したのだけれど、これはさらに買《か》い叩かれるなあ……。

「まあ、損失はエンデに賠償《ばいしょう》してもらえばいいか」

「なんか怖《こわ》いことさらっと言った！」

頑張《がんば》れ、お父さん。お前も大物を倒してこい。

……しかし、アリスの話だと未来でも巨獣被害《きょじゅうひがい》はあるらしいな。逆に今よりも若干《じゃっかん》多いようだ。

これは世界が融合《ゆうごう》した際に、魔素溜《まそだ》まりが各地で発生してしまったことによるものだろう。今より十数年経《た》って、巨獣化したやつらが次々と現れたってことか。

これはアリスが口を滑らせたのだが、僕の子供たちもフレームギアに乗って巨獣退治をしているらしい。子供になにやらせてんだよ、未来の僕。でも子供ら全員、金ランク銀ランクだしなあ……。

フレイズたちの脅威《きょうい》も去り、フレームギアの活躍《かつやく》もお蔵入《くらい》りかと思ったが、まだまだ必要なようだ。ま、もう何百機も投入するような戦いはないと思うけどね。

とりあえず巨獣退治は片付いたから、パレリウス女王に連絡を入れて【ゲート】をつなぎ、パレリウスの兵たちにタスクボアを持って行ってもらった。お金は後日請求《せいきゅう》しよう。

さて帰るか、とブリュンヒルドへと【ゲート】を開こうとした僕の耳に、軽やかなスマホの着信音が聞こえてきた。

僕のじゃない。基本的に僕は懐《ふところ》に入れてマナーモードにしっぱなしだし。

エンデたちの誰かか？　と思ったが、みんな顔を見合わせて不思議そうにしている。あれ？　君らと違うの？

「あ、ボクのだ」

そう言ってアリスがポケットから可愛くデコレーションされたスマホを取り出した。猫耳みたいなカバーケースが付いている白いスマホだ。あれって未来で作られたやつかな……。あまりバージョンアップしたようには見えないけど。

「あれ？　八雲《やくも》お姉ちゃんからだ」

「え？」

やくもおねえちゃん？　八雲？　まさか、それって……!?

「もしもし、八雲お姉ちゃん？　うん、ボクはもうブリュンヒルドにいるよ。お父さん、お母さんたちと暮らしてる。八雲お姉ちゃんは今どこ？　え？　うん、わかった。そう言っとく。でも……あ、切れた」

耳を離したアリスのスマホからツー、ツー、っという音が聞こえてくる。どうやら向こうが一方的に通話を切ったらしい。

いや、それはどうでもいいんだ。……いや、よくないけど。

問題は誰からの電話だったのかってとこで。

「あ、アリス……、今の電話の相手は？」

「え？　八雲お姉ちゃん？　えーっと、えと……。あれ？　これ話していいのかな？　でも陛下に伝えてって言われたし……」

「話していい。ダメなら時江おばあちゃんが飛んでくるだろ。だから大丈夫」

多少強引《ごういん》だなと思わないでもないが、それよりも先程《さきほど》の電話の相手が気になる。僕の予想通りなら……！

「んとね、八雲お姉ちゃんは陛下の一番上の子供……ご長女で、八重様の娘だよ」

「やっぱり……！」

八雲。八重に似た名前だと思ったがやっぱりか。それに長女……。僕の初《そ》めての子供は八重との子供なのか……！

おっと感慨《かんがい》にふけっている場合じゃない！

「で、そ、その子は今どこに⁉」

「えっと、ロードメア連邦《れんぽう》に出たらしいんだけど、ブリュンヒルドにはしばらく修行《しゅぎょう》してから行くって」

「は？」

……修行？　ごめん、ちょっと何言ってるのかわかんない。

「八雲お姉ちゃん、修行好きだからなー。強くなってから陛下に会いたいんじゃないかな？」

「いやいやいや！　子供一人でうろつかせるわけにもいかんだろ！　ロードメアだな⁉　全州総督《そうとく》に捜索《そうさく》を依頼して……！」

「無駄だと思うよー。八雲お姉ちゃん、【ゲート】使えるし。あちこち回るって言ってたから、もうどっか行ってんじゃない？」

「うちの娘《こ》、【ゲート】使えんの⁉」

マジか⁉　あれ、でも【ゲート】は行ったことがあるところしか……って、それほど景色が変わらないところなら未来で行ってたら行けるの……か？

というか、【ゲート】使えるならまっすぐブリュンヒルド《おうち》に帰ってきなさいよ！

検索魔法《けんさくまほう》で捜《さが》そうとしたが無理だった。そりゃそうだ。僕はその娘の姿を知らんもの。【リコール】でアリスから記憶をもらおうとも思ったが、時江おばあちゃんとのことがあるからか、アリスは難色を示し、ご両親たちにもガルルルと唸《うな》られた。ちょっと記憶を覗《のぞ》くくらいいいじゃん！

いやっ、ここで挫《くじ》けてなるものか！

「じゃ、じゃあその八雲に電話かけて！」

「いいけどたぶん……。あ、やっぱり着信拒否《きょひ》になってる。邪魔《じゃま》されたくないんだね」

「んもー！」

行動早過ぎるだろ！　どんだけ修行好きなんだよ！

どうしよう……。とっ、とりあえず八重には伝えといた方がいいよな？　いや、みんなにも伝えた方がいいか……。

頭がパニックになってきた僕は、みんなと相談すべく【ゲート】をブリュンヒルドへと開いた。

◇　◇　◇

「せっ、せっ、拙者《せつしや》の娘がでござるか⁉」

お昼に食べていた唐揚《からあ》げを取り落とし、目を見開いて八重がガタンと椅子《いす》から立ち上がる。

他《ほか》のみんなもびっくりして絶句しているようだ。

うーむ、この時代に来てはいるが、行方《ゆくえ》をくらましたってどう伝えたらいいものか……。なるべくゆっくりと丁寧《ていねい》に状況を説明する。八重にとって（僕にとってもだが）大事な娘のことだ。あんまり刺激《しげき》しないように……。

「あちこち回るって、どういうことでござるか、旦那様《だんなさま》！」

「すみません、わかりません！」

無駄《むだ》だった。そうなりますよねー。縋《す》がり付くように迫《せま》ってくる八重に対して、謝《あやま》るしかできない。

「修行、ですか……。ある意味八重さんの娘らしいというか……」

「そうね。なんか納得《なっとく》しちゃうけど」

リンゼとエルゼがお互《たが》いの顔を見合わせながら、小さく頷《うなず》き合う。

「ぬ？　その八雲という子が一番上の長女なら、その子が金ランクということか？」

スゥの言う通り、今までの情報を照らし合わせるとそうなる。エンデが言ってた、『自分より強い相手じゃないと嫁に行かない』って言ってたのもたぶんこの子だ。

おそらくだが、八重だけではなく、諸刃姉さんもこの子に剣《けん》を教え込んだように思う。結果、八重以上の剣一筋の性格になってしまったんじゃないだろうか。

たぶん諸刃姉さんの加護ももらっているだろうな……。いや、まだ会ったことがないから予想でしかないけれども。

「どっ、どっ、どうするでござる⁉　過去の世界に一人で大丈夫でござろうか……！」

八重がオロオロとテンパっている。気持ちはすごくわかる。わかるけど、唐揚げを箸《はし》で突《つ》き刺《さ》して唐揚げ棒を意味なく作るのはやめなさい。食い意地が張っているのではなく、単にパニくってるんだろうけど。

「落ち着きなよ。君たちがハラハラしても仕方がない」

苦笑《くしょう》しながら声をかけてきたのは二番目のお姉様。八重が唐揚げ棒を放《ほう》り出《だ》して諸刃姉さんの下《もと》へと駆け寄る。

「も、諸刃義姉上《あねうえ》！　しかし、見知らぬ過去の世界に子供一人、危険なのでは⁉」

「その子は金ランクなんだろう？　なら心配はいらないんじゃないかな。だいたいそう言う八重が修行の旅に出たのっていくつの時だい？」

「せ、拙者は十三と半年ほどでイーシェンを出たでござるが……」

「ほら、さほど変わらないじゃないか。親ならもっと子供を信頼《しんらい》しなよ」

いやいや、子供の二歳差って大きいよ？　神様の感覚だと一瞬《いっしゅん》かもしれんけど。それにまだ会ったこともない子供を信頼しろと言われても難しいよ。

「いざとなったら【ゲート】で戻ってくるし、時江おばあちゃんの手の者が見張っているだろうから大丈夫だと思うよ」

「時江おばあちゃんの手の者って、前に言ってた時の精霊《せいれい》とかいうやつ？」

僕は地上における精霊王であるが、神々の中では入りたての新神《しんじん》、ぺーぺーである。同じ神々であっても、精霊にとっては当然ながら時江おばあちゃんの方がキャリアは上だ。

つまり、他の神々＞＞＞＞僕（新神）＞大精霊なのである。

僕も時の精霊とやらには会ったことはない。けっこう精霊たちって勝手気ままに生きてるから、会ったことのない精霊ってたくさんいるんだよな……。

「ま、そのうちひょっこりやってくるさ」

「ぬうう……。生まれてもいないのにもう親に心配をかけるとは……」

諸刃姉さんの軽い言葉に反して、なにやら思い詰《つ》めているような八重。あまり考え過ぎない方がいいいんだろうな。

え、僕？　めっちゃ心配ですが？　なんとか【サーチ】で捜し出せないか、さっきから試行錯誤《しこうさくご》してますけれども。

『八重との子供』で検索《けんさく》するとイーシェンを中心にものすごい数がヒットするし。まったく絞《しぼ》り込めない。これって見た目だけで『自分と八重の子供かもしれない』と判断しているわけだろうけど、どんだけだよ。

あとでアリスに聞いたら、子供たち（アリスもだが）の持つスマホには護符《アミュレット》と同じ効果が付与《ふよ》してあり、近距離《きんきょり》ならまだしも遠距離《えんきょり》の【サーチ】には引っかからないんだそうで……。おのれ、未来の僕め、余計なことを。

「でも八重さんとの子供が冬夜様の初めての子供なんですわね……。なんかちょっと悔しいですわ」

ルーが小さなため息とともにそんな言葉を漏《も》らす。いや、僕としてはその実感があまりないんですけれども。

普通《ふつう》は妊娠《にんしん》期間とかがあって、その子の親になるという覚悟《かくご》というか、決意というか、そういったものがゆっくりと芽生えていくのかと思ってたんですけど。そんなのすっ飛ばしてしまっているので。

「な、なるほど。拙者との子が旦那様の初めての……。な、なんだかその、嬉《うれ》しいような、恥《は》ずかしいような……」

僕とは違《ちが》い、顔を真っ赤にさせてもじもじと照れている八重。なんだよ、おい。うちの嫁さん最高に可愛いよ！

「しかしあれじゃな……。八重の娘《むすめ》が十一歳であろ？　わらわと二つしか違わないんじゃが……」

むむむ、とスゥが天を仰《あお》ぎ唸る。スゥは十三。下手をするとスゥの方が年下に見えてしまう可能性もあるな。

ううん、スゥが結婚している以上、八重の娘……八雲もやっぱり婚約《こんやく》とかしててもおかしくはないのか……。

ま、まあ、自分よりも強い相手じゃないと結婚しないって言ってるらしいし、とりあえずは安心かな。

未来の世界はわからないが、こっちの世界で金ランクと言ったら僕とヒルダの祖父であるギャレンの爺《じい》さんしかいない。

ギャレン爺さんの実力は高いが、今なら八重とかヒルダの方が強いし、おそらく諸刃姉さんの加護を受けているだろう八雲の方が強いと思う。

同等クラスの神の加護をもらってて、金ランク並みの実力がある男なんてそうザラにはいるな、一人……。

………………いるな、一人……。

「？　どうしたでござる？」

「いや、エンデが『娘さんを僕に』とか抜《ぬ》かしたら一緒《いっしょ》に斬《き》りかかろう、八重」

「なぜにそんなことに⁉」

可能性がある以上、いくつかの対処法は考えておいた方がいい。一択《たく》だが。

僕らがそんな馬鹿《ばか》な会話をしていると、横ではスゥが決意した目で力強く頷いていた。

「八重の娘ということは、わらわにとっても娘。二歳差とはいえ、軽んじられることのないようにせねばならんな。もっと大人っぽく振《ふ》る舞わねばならんのう」

「いや、その八雲って子は未来から来ているんだから、大人っぽくというか大人になったスゥを知ってるだろ。無理しないでもいいと思うけど」

「いや、昔から大人っぽかったと思われた方がよい！　とりあえず…………。えーっと、どうしたらよいかのう？　ユミナ姉様」

スゥがユミナの方に首を向けた。大人っぽくする方法がこれといって浮《う》かばなかったと見える。子供っぽいと言ってしまったらそれまでだが、その天真爛漫《てんしんらんまん》なところがスゥの魅力《みりょく》だと思うのだがなぁ。

「大人っぽくと言われても……。ええっと、リーンさん、なにかいい方法あります？」

「え？」

あ、ユミナが丸投げした。最年長のリーンは紅茶を飲んでいた手を止めて、ふむ、とスゥを眺める。おい、ポーラ。真似《まね》せんでいいから。

「一番簡単なのは、服、かしら。あとは髪型《かみがた》？　見た目から大人っぽくするというのもアリだと思うし。落ち着いた雰囲気《ふんいき》の服を着ているだけでも印象は違うんじゃない？」

「なるほど、服か！　それは手軽でよいのう！」

確かに人間、着ている服で印象が変わる。スゥもパーティーの時にドレスなんか着ていると、いつもとは違った印象を受けるしな。しかしそれでもスゥの場合、大人っぽくて綺麗《きれい》というよりは、可愛らしくて微笑ましい、というイメージがある。

まあ、ドレスのデザインとか色にもによるんだろうけど。けっこうスゥの着るドレスってピンクとか黄色とかポップなカラーが多いような気もするし。

もっとシックな感じにしたら大人っぽく見えるかな？

「冬夜冬夜！　わらわに合う大人っぽい服を見繕《みつくろ》ってくれ！」

「え？　いや、まあ……いいけど……」

見繕えるほど僕にファッションセンスはありませんよ？　えーと、こういう時はスマホで検索して……と。

空中投影《とうえい》された服の群れに、スゥだけではなく他のみんなも興味を持ったようだ。

彼女たちが気になった服の写真を、僕《ぼく》は片っ端から保存していく。あとでプリントアウトして、『ファッションキング・ザナック』へ持っていけば、こっちの素材で作ってもらえるからな。

どうやらみんなもスゥの話を聞いて、子供たちに会った時ちょっとはよく見られたいと思ったようだ。これって親の見栄《みえ》なのかね。

服の映像を吟味《ぎんみ》するみんなの後ろで、僕は自分の服装を改めて確認《かくにん》する。

「……………」

『お父さんって何年も前から同じの着てたんだねっ！』

グハッ⁉　想像の声なのにダメージがでかい！

違うんだ、この服は保護の魔法《まほう》がかけられていて、傷《いた》まないし、汚《よご》れもしないから……！

ぼ、僕もちょっと大人っぽい服を買おうかなー……。

妙《みょう》な焦燥《しょうそう》を感じ、僕はメンズファッションのサイトを開いた。

◇　◇　◇

「八重さん？　八重さん！」

「はっ⁉　な、なんでござるか、ヒルダ殿《どの》⁉」

「いえ、その……目玉焼きが醤油漬《しょうゆづ》けになってますけれども……」

「へ？　あわわっ⁉」

目玉焼きが載《の》った八重の皿が、醤油差しから流れた醤油にひたひたと満たされている。

どんだけかけたんだよ。

朝食中も八重はずっとあんな感じだ。ボーッとしてなにかを考えてたり、時折り、にへ、と緩《ゆる》んだ笑いを浮かべたりしている。まあ、なにを考えているかわかるけれども。

「ちょっと……。八重がますますポンコツになっているわよ？」

「ますますって……。仕方ないよ。こんな状況《じょうきょう》じゃさ」

隣に座《すわ》るリーンが少し呆《あき》れたような声で話しかけてきた。そんなこと言わずにどうか大目に見てやってほしい。正直言うと僕もなんか落ち着かないのだ。

自分の娘がこの世界にいると思うとなんかこう……。ううん、言葉にしにくいな。

心配とも喜びとも違ういろんな感情が混じり合ってモヤモヤするのだ。

なにかしたいけど、なにをしたらいいのかわからない感じでさ。

「こんなのをあと八回も繰《く》り返《かえ》すのか……？」

お父さん、心労で倒《たお》れちゃう……。

「全員が全員、寄り道してくるわけじゃないでしょう？　真《ま》っ直《す》ぐここに来る子だっているとと思うわよ？」

「じゃあ、もしリーンが子供たちと同じ状況だったら、真っ直ぐにブリュンヒルドに来るかい？」

リーンにそう返すと、彼女《かのじょ》はフォークを目玉焼きに突き刺したまま、むむ、と小さく唸りながら宙を睨《にら》んだ。

「……来ない、わね……。過去の世界に来られるなんて滅多《めった》にない機会だもの。ちょっとくらい見学しても、とか考えるでしょうね……」

そらみろ。リーンの子だってそう考える可能性が高い。子は親に似るんだぞ。僕の子でもあるけど。

「それにしても八重の子が【ゲート】を使えるなんてね。親子でどちらも無属性の適性を持つ者はいるけど、魔法まで同じってのは聞いたことがないわ。無属性魔法は遺伝しないはずなんだけれど」

単なる偶然《ぐうぜん》という可能性もあるけどね。僕の方が無属性魔法ならなんでも使えるという体質なので、娘に無属性魔法の適性が出ればその魔法も当然僕は使える。結果、同じ魔法の使い手になるわけで。

「確か妖精族《ようせい》は無属性魔法の適性が高いんだっけ？」

「ええ。私の知る限り、一つも持っていないという妖精族はいなかったわね」

「となると、リーンとの子もなにかしら無属性魔法を持っている可能性が高いのか……」

リーンの種族である妖精族、桜《さくら》の種族である魔王族《まおうぞく》の子供は、配偶者《はいぐうしゃ》がいかなる種族であっても妖精族、魔王族として生まれてくる。

さらに妖精族の場合、多種族との間に生まれてくる子は、ほぼ九割が女の子だという。故《ゆえ》に、僕とリーンの間の子供も、娘である可能性がかなり高い。

「リーンはいくつくらいで無属性魔法を使えた？」

「しっかりとは覚えていないけれど、五つくらいの時にはもう【ディスカバリー】を使っていたはずよ」

【ディスカバリー】ってあれか、僕の【サーチ】と同じ探索《たんさく》系の無属性魔法。ちょっとでも状態が変わってしまうと引っかからないっていう……。

五歳《さい》でそれを使っていたっていうリーンもすごいけど、そのリーンの娘ならそれくらいできてもおかしくないってことか。

「うむむむむ……」

「ま、まぁ、私の子はともかく、素直《すなお》にまっすぐ帰って来る子もいるわよ。ヒルダやリンゼの子とか真面目《まじめ》そうだし」

ヒルダの子はわからないが、リンゼの子はどうかなぁ……。リンネとか言ったかな。アリスの話から推測するに、けっこうやんちゃっぽい感じがするんだけど。

悩《なや》みながら食べたせいか朝食の味がよくわからなかった。コック長のクレアさんとルーに申し訳ない。

八重とヒルダ、そしてエルゼたちは今日も冒険者ギルドへランクアップの依頼《いらい》をこなしに行くんだそうだ。もうすでに銀ランクには手が届くそうで。金ランクになるのも秒読みかなあ。

家庭の外から見たらくだらないんだろうけど、親の面子《メンツ》を守るってのも大変だよね……。

朝食を終えてから少し書類の山と格闘《かくとう》した僕は、その後琥珀《こはく》を伴《ともな》って、城下町の方へと向かった。

なにか用事があったわけではない。真面目にまっすぐブリュンヒルドへ来た子供たちがいたら会えるかも、とか思ってないよ？

まあ、真面目な子なら電話やメールの一本くらいしてくるかと思うけど……。

単純にまだ時の旅人なんだろうなあ……。時江おばあちゃんの話通りなら、全員が過去にやってくるのは数《すう》ヶ月《かげつ》以内ということだけど。

「まあ、自分の子供に会えるのは嬉しいけどさ」

『御意《ぎょい》。私も……特に王子に会えるのが楽しみです。なにしろ私たちは王子の護衛を任せられるらしいので』

「なにそれ、初耳⁉」

琥珀が『あれ？　なんで知らんの？』みたいな目でこっちを見てる。

アリスから琥珀が聞いた話だと、未来では琥珀たち神獣《しんじゅう》は僕の息子の護衛獣として仕えているんだそうだ。ちょっとそういうことは早く教えてよ……。

『アリス殿が普通に話すので、もう主《あるじ》には話してあるのだとばかり……』

てことは、またアリスがうっかり漏らしたのか。なんだかんだでちょっと抜けてるよな、あの子。さすがエンデの子というべきか。

でも護衛ってことは、まだ小さいってことなのかな？　八重の娘である八雲って子は護衛もなく単独で行動してるっぽいし、その子より下なのは確実だけど。

一姫二太郎《いちひめにたろう》とは言うけれど、かなり後の子なら一姫どころか二姫、三姫いるわけだ。

……弟は辛《つら》いよなぁ。

血は繋《つな》がっていないが厄介《やっかい》な姉が二人いる僕は、ちょっと息子に同情し、小さくため息をついた。

オルバさんのストランド商会の前を見ると、小さな子供たちがカプセルトイをガチャガチャと回している。

うちの子供たちも未来ではこんな風に遊ぶのだろうか……。うむむ……我《わ》が子《こ》ながら普通に遊ぶ姿が浮かばないぞ……。ゴブリンとかオークとかを殲滅《せんめつ》している姿は浮かぶけど……って、あれ？

よく見ると子供たちに交じって知っている子がいることに気がついた。

「あれ？　陛下だ」

「アリス⁉」

アリスがカプセルトイから出てきた筒《つつ》を手に僕の方へと顔を向けた。

「こんなとこでなにやってんの？　エンデたちは？」

「おこづかいもらったから買い物に来たの。お父さんはギルドの仕事。お母さんたちはあっちで買い物してる」

単独行動か。それにしてもおこづかいって。あれ？　アリスって、金か銀ランクの冒険者じゃなかったか？　お金なんて有り余るほど持ってるんじゃ……。

「んー、ボクのお金って未来のギルドに預けたまんまだから。こっちじゃ冒険者登録もできないし」

「そうか……。あ、あれから連絡《れんらく》とか来てない？　八雲から」

「来てない。八雲お姉ちゃん、なにかに夢中になると他のこと目に入らなくなるから。それでいつもフレイお姉ちゃんに怒《おこ》られたりしてる」

「フレイお姉ちゃん？」

「あ」

しまった、という顔でアリスがこっちを見る。また口を滑《すべ》らせたな……。本当にこの子大丈夫だろうか。ちょっと心配になる。

「名前くらいならいいだろ？　その子も僕の子か？」

「あはは……。うん、そう。本当はフレイガルドって名前なんだけど、みんなフレイお姉ちゃんって呼んでるの」

「フレイガルド……」

たぶん……名前からしてヒルダ（ヒルデガルド）との子だな。間違《まちが》いない。アリスがお姉ちゃんって呼ぶってことは、年上なんだろうけど、いくつなんだろう？

「その子って……」

僕が詳《くわ》しく話を聞こうとすると、アリスのスマホから着信音が鳴った。おっ！　ひょっとして八雲から？　あるいは別の……！

「はい、もしもし。うん、わかった。戻《もど》るね」

アリスが短く会話をして通話を終える。あれ？

「お母さんから。向こうで呼んでるから、またね！」

タタタタッ、とアリスは元気よく駆《か》け出していってしまった。

『行ってしまいましたね』

「うーん、そうそう都合よくはいかないか……」

そもそも未来の子供たちって僕らの電話番号知っているんだろうか。未来で機種変更《へんこう》とかがあって番号変わってるとかないよな？

一番に連絡がつく可能性が高いのはアリスだから、やっぱり気になるよなあ。

ため息をまたひとつついてストランド商会を後にする。

「あれ？　こ、これは陛下」

「ん？　ランツ君か」

呼びかけた声に顔を上げると、ウチの騎士団員《きしだんいん》であるランツ君が小さな花束を持って立っていた。鎧《よろい》を身につけていないから今日は非番なのかな？

にしても花束……？　はは～ん？

「ミカさんのところに行くのかい？」

「えっ⁉　や、あの、そ、その通りであります……」

顔を赤くして照れたようにランツ君が頷く。彼《かれ》と宿屋『銀月《ぎんげつ》』のブリュンヒルド店、店長であるミカさんは最近正式にお付き合いを始めたらしい。

そのきっかけとなったのは、僕の結婚式《けっこんしき》でのブーケトスだ。

『花嫁《はなよめ》からブーケを手に入れた独身男は、その花を持って意中の相手に告白すると想《おも》いが受け入れられる』という花恋《かれん》姉さんの口からでまかせにより、ランツ君はミカさんに特攻《とっこう》をかけた。

結果、ミカさんはその告白を受け入れて、晴れて彼氏彼女《かれしかのじょ》の関係になったというわけだ。この事実に密《ひそ》かにミカさんを狙《ねら》っていた騎士団の連中や冒険者の男たちは涙《なみだ》に濡《ぬ》れたとかなんとか。

最大の難関は赤毛のヒゲオヤジであるミカさんの親父《おやじ》さん、ドランさんだったが、なんとか認められたらしい。

まあ、生まれは貴族、騎士団員で有望株、性格も良く、そしてイケメンときたら反対する方が難しいわな。

「うまくいっているようで良かったよ。こりゃ結婚までまっしぐらかな？」

「いえ、自分はまだ一人前の騎士とは言えません。もっと精進《しょうじん》せねば、ミカさんを迎《むか》えるなどとても……」

相変わらず堅《かた》いなぁー！　レスティア出身の人たちってみんなこうなのかと思ってしま

うよ。ヒルダもそうだし、その兄のレスティア国王であるラインハルトさんもド真面目だし。

先々代の国王であるドスケベのギャレン爺さんはレスティア出身じゃないらしいしな。

しかしその真面目さは買うけど、じゃあいつになったらプロポーズすんのって話なんだが。

とりあえず行くところもないので僕もついていくことにした。別にひやかそうとかそんな気はないぞ。

『銀月』に入ると、ミカさんの元気な声が食堂のカウンターから飛んできた。

「いらっしゃい！　あ、き、今日も来てくれたんだ……」

「は、はい。今日は非番ですのでっ。あっ、こ、これ、よかったら店に飾《かざ》ってください！」

「わ、ありがとう」

ミカさんがランツ君から花束をもらい、はにかみながら笑顔を浮かべている。完全に二人の世界だ。あの、僕もいるんですけど。一応、この国の王様なんですけど。

「あら、冬夜君。いたの？」

「ひでえ」

長い付き合いなのに、あんまりじゃないか。恋の前には友情なんてこんなもんかねえ。

ま、水を差すつもりはないけどさ。

「で？　なにか用事？　最近来てなかったから様子見に？」

「ん。まあ、そんなとこです」

まさか未来からの来た自分の子供を捜してぶらついてます、とは言えないので適当に話を合わせる。

一応、この宿は『銀月』ブリュンヒルド支店、となってはいるが、れっきとした国営の宿だ。ミカさんは雇《やと》われ店長という形になっている。

だから時折り、視察という名目でご飯を食べに来たりしていたのだが、結婚してからルーが張り切って料理を作るもので、前より足が遠のいていたのは事実だ。

「そろそろお昼時になるからあまり相手できないけど、なにか食べてく？」

「んー、昼ごはんは城で食べるからいいや。喉《のど》が渇《かわ》いたから、果実水を琥珀のぶんと二つもらえれば」

「あいよー」

鼻歌でも歌いそうなほどご機嫌《きげん》な様子で、ミカさんが花束を持って厨房《ちゅうぼう》へと消えていく。

変われば変わるもんだなあ……。

ランツ君はこの国に来てからずっとミカさんを好きだったけど、ミカさんはその彼の気持ちにまったく気付いてなかったからな。まあ、うまくいってよかったよ。

「にしても……」

まだ昼前だというのに食堂の中は人が多い。商売繁盛《はんじょう》、大いに結構だが、これ客を捌《さば》くの大変なんじゃないか？

「陛下の結婚もあり、さらに人が集まりましたからね。それにここの料理は絶品ですので当然のことかと！」

「あー、はいはい。お熱いこって」

ランツ君の言葉を苦笑しながら流し、僕らは目立たない隅《すみ》の席に座った。一応、フードを被《かぶ》っているけど、顔がバレると面倒《めんどう》だからね。ここなら観葉植物もあるし目立たないだろう。

店内では冒険者《ぼうけんしゃ》はもとより、商人や旅人みたいな人たちがわいわいと賑《にぎ》やかに食事をしている。種族も様々で、人間に獣人、ドワーフにエルフ、竜人族《りゅうじんぞく》もいるな。

そのお客さんの間を若いウェイトレスさんが行ったり来たりしていた。見たことない顔だな。新しく雇った人かね？

この店の営業は全《すべ》てミカさんに任せてある。なので店員さんの雇用《こよう》なども僕はノータッチだ。ミカさんが雇っても大丈夫《だいじょうぶ》と認めたなら、基本的に口を出したりはしない。

「はい、果実水。琥珀ちゃんはこっちね」

ミカさんがコップと深めの皿、そして水差しに入った果実水を持ってきた。氷で冷たく冷やされて美味《うま》そうだ。

「新しく人を雇ったんですね」

「ん？　ああ、三日前にね。家族に会いに行く途中《とちゅう》なんだって。お金が少ないっていうから住み込みで一時的にね」

ふうん、大変だな。

忙《いそが》しそうに店内を動き回るウェイトレスさんをちらりと見る。

二十歳《はたち》くらいかな。ミカさんと同じくらいか。

「ランツさんは決まった？　今日はスプラ鳥の照り焼き定食がオススメよ」

「で、ではそれで！」

「はーい、ご注文ありがとうございまーす！」

ミカさんがくるりと踵《きびす》を返して厨房へと戻る。テンション高いなあ。もう結婚しちゃえばいいのに。こういうのは勢いですよ？　僕が言えたもんじゃないけど……。

「ん？」

妙な視線を感じて振り向《む》くと、先ほどのウェイトレスさんがこっちを凝視《ぎょうし》している。

じ──っ……。

じ────っ……。

じ──────っ……。

じ────────っ……。


……え、なにこのデジャヴ。なんでこんなに見られてんの？

……なんか付いてるか？　それともこの国の王様ってバレたかな？　ミカさんが僕のことを話したのかな？

なるべく視線を気にしないようにと思ったが、向こうからトコトコと彼女がこちらへとやってきた。

「あの、望月《もちづき》冬夜様、ですよね？」

「そうですけど……？」

やっぱり僕のことを知っているのか。誰《だれ》から聞いたのだろう。

僕が訝《いぶか》しげに思っていると、そのウェイトレスさんはくすくすと笑い始めた。

「私のこと、わかりませんか？」

「え？」

どういうことだ？　僕はこの人と会ったことあるのか？　えっと、だ、誰だったっけ……？　まずいな、記憶《きおく》にない。

《主《あるじ》。その女、妙な魔力《まりよく》を纏《まと》っております》

「っ！」

琥珀からの念話にガタン、と席を立つ。確かによく見ると、この女性の全身に薄《うす》い魔力がまとわりついている。これって隠蔽《いんぺい》系の魔法……！

「……誰だ？」

「私の名前はクーン。私は初めましてじゃないけど、初めまして、お父様」

「…………………………は？」

綿飴《わたあめ》が溶《と》けるように、霧《きり》が晴れるように、彼女の纏っていた魔力の衣《ころも》が消えていく。これは……【ミラージュ】か⁉

全ての魔力が消え去ったあと、そこに立っていたのは白い姫袖《ひめそで》ブラウスに黒のゴスロリ調の服を着た、十歳くらいの少女だった。

白く長い髪《かみ》はツーサイドアップにしていて可愛《かわい》らしいが、その黄金《きん》色の瞳《ひとみ》は子供ながらに小悪魔《こあくま》のような光を湛《たた》えている。

なによりも目を引くのは彼女の背中に見える、蝶《ちょう》のような薄い半透明《はんとうめい》の羽。妖精族。間違いない。この子は――――。

「ぷっ。あはははは！」

僕が絶句していると、クーンと名乗った女の子はおかしくてたまらないと言ったようにお腹《なか》を抱《かか》えて笑い出した。

「お父様のその顔！　ぷっ！　あははははは！　大成功ね！　まっすぐここへ来た甲斐《かい》があったわ。あははははは！」

「えっ、えっ？」

わけがわからずポカンとしている僕をよそに、クーンは笑い転げ続ける。

「あの……」

「ちょっと待って、写真撮《と》るから」

クーンが袖口《そでぐち》から取り出したスマホで、パシャッ、パシャッ、といきなり写真を撮られた。ナニコレ？

「あー、面白《おもしろ》かった。帰ったらあっちのお母様にも見せてあげなきゃ。いいお土産《みやげ》ができたわ」

「ちょ、ちょっと待った！　クーンとか言ったか⁉　君はその、僕の……！」

「あら、改めてご挨拶《あいさつ》しなきゃだめ？」

クーンは、すっ、と一歩下がり、両手でスカートの裾《すそ》を摘《つ》んで軽く頭を下げ、カーテシーのポーズをとる。

「初めましてお父様。あなたの娘でブリュンヒルドの宮廷《きゆうてい》筆頭魔術師《まじゆつし》、リーンが娘、クーン。以後よろしくお願い致《いた》しますわ」

イタズラめいた金色の瞳が僕を射貫《いぬ》く。やっぱりリーンとの娘か！　十歳くらいだというのに、人を食ったようなその雰囲気は母親そっくりだった。

「陛下？　お父様とはどういう……」

事情を知らないランツ君が目をパチクリさせてこちらを見ている。

「や、えっと……」

「間違えましたわ。お兄様でした。私たち遠い親戚《しんせき》ですのよ？」

「そうなんですか？　どうりで……。陛下もちょくちょく姿を変えますから」

「あらあら。それは困ったものですわね」

そう言ってクーンが含《ふく》み笑《わら》いを漏らす。いや、確かに僕も【ミラージュ】でちょこちょこ姿を変えるけどさあ！

僕を驚《おどろ》かすためだけに【ミラージュ】で化けて、『銀月』で働いてたのか？

驚きや呆れで口をパクパクさせている僕を見て、面白そうにクーンが笑う。

「細かい話はお仕事の後で。それじゃあね、お兄様」

再び幻影《げんえい》を身に纏い、ウェイトレスさんの姿になると、クーンは何事もなかったかのように厨房へと消えていった。

突然《とつぜん》すぎる出会いに僕は呆然《ぼうぜん》と立ちつくしていた。僕が考えていた出会いとだいぶ違うなぁ、コレ……。

◇　◇　◇

「呆れてモノが言えないわ」

「あら、そうかしら。なかなか面白い趣向《しゅこう》だと思ったのだけれど。お母様だってこういうの、好きでしょう？」

「……まあ、否定はしないけれど」

おい。それは否定しろよ。

リーンとクーンが向かい合って会話をしている。見た目だけならどう見たって姉妹だ。足元のポーラがオロオロと二人を見比べている。うん、あれはパニクってるな。

「まさかリーンさんの子が一番乗りとは……」

「まあ、そっくりですねえ……」

「うう……。拙者《せっしゃ》の子供はどこにいるでござるか……」

クーンを眺《なが》めながらユミナとルーが話し合う横で、なんか八重だけが落ち込んでいた。気持ちはわかる。

「それにしても、まさか私が一番だとは思わなかったけど。みんなまだ過去《こっち》に来てないのかしら？」

「いや、アリスと八雲は来てるよ。ただ、八雲は世界を巡《めぐ》って修行《しゅぎょう》してから来るとかで消息不明だけど……」

「八雲お姉様らしいわね。なら後でアリスには挨拶してこようかしら」

八雲お姉様……。なんか変な感じだが、八重の子もリーンの子も僕を通して姉妹なんだよなぁ。あ、そうだ。聞くの忘れてた。

「クーンはいくつなんだ？　僕の何番目の子？」

「私は十歳ですわ、お父様。上から三番目の子供になります」

「三女か……。長女は八雲で、ひょっとして次女はフレイって子？」

「あら、フレイお姉様まで知っているんですの？　……はは あ、アリスですわね。あの子、口が軽いから……」

口が軽いというか、どっちかというとうっかり屋だけどな。僕らの貴重な情報源です。

「フレイって……誰？」

僕らの会話に疑問を持ったのか、桜が首を傾《かし》げながら尋《たず》ねてきた。『誰』ってのは『誰なのか』という意味なのか『誰の子か』という意味なのか。

「フレイガルドお姉様はお父様の二番目の子です。ヒルダお母様の娘ですわ」

「わっ、私《わたくし》のっ⁉」

ヒルダがすっとんきょうな声をあげて、クーンに近づいていく。

ってことは、長女・八雲、次女・フレイ、三女・クーンってことになるのか。

「わっ、私《わたくし》の娘は立派な騎士ですか、クーンさんっ！」

興奮したまま迫《せま》り来るヒルダに、クーンがちょっと引いてる。どうどう。落ち着きなさいって。

「えっと、身内なので立派かどうかは判断しづらいですけれども、真面目な騎士なのは確かですわ。騎士としては少し変わってますけど」

「……変わってる？　どんな風に？」

「それは……いいえ、やめときましょう。ご本人にお会いしてからの方が面白いと思います
し」

ええー……。またそれかよ。君たち僕らをびっくりさせるためだけに変な労力使いすぎ。

そんな僕らのガッカリ顔を見て、またもクーンがくすくすと笑う。この子、Sっ気がある
るんじゃなかろうか。

「そういえばクーン。貴女《あなた》、【ミラージュ】が使えるのね」

「ええ、そうよ、お母様。無属性魔法は他《ほか》にも三つ使えるわ」

四つか。リーンと同じ数か、すごいな。やはり妖精族と無属性魔法は相性《あいしょう》が高いらしい。

「というか、私たち姉妹弟《きょうだい》全員、必ず一つは無属性魔法を持っているわ」

「え!?　そうなの!?」

全員無属性魔法の適性持ちって……！　八重の娘《むすめ》の八雲は【ゲート】を持っているらし
いけど、まさか他の子供たちもとは。

「やっぱりこれってダーリンの血筋だからかしら？」

「うーん……。どうだろ……」

世界神様によると、僕の子供たちは一応『半神』ということになるらしい。ただ、神力

を操《あやつ》ることはできず、身体《からだ》はあくまでも地上の人間であるらしいが。寿命《じゅみょう》がちょっと長いくらいで、何か特殊《とくしゅ》な能力があるとは聞いていないけど……。

ただなあ……。生まれた時から花恋姉さんや諸刃姉さんとか周りに神々がいるわけだし、もしもその神々に愛されて育っていたなら、半端《はんぱ》ない数の神々の加護をもらっているんじゃなかろうか。

ユミナたちみたいな眷属化《けんぞくか》とかまではいかないにしても、母親である彼女たちと同じくらいの実力はあってもおかしくはないのか？

むむむ、と悩む僕にクーンが近寄ってくる。

「それよりも、お父様。私、上に行きたいのですけれども」

「上？」

「『バビロン』ですわ。城の転移室からでは、この時代、まだ許可のない私は跳《と》べませんから」

『バビロン』を知っているのか。まあ、家族だから知っていてもおかしくはないけど。

城の一室には『バビロン』へと通じる転移室がある。ここを使えば誰でも『バビロン』へと転移して行けるのだ。もちろん許可した者しか使えないが。

当然、来たばかりのクーンは使えない。

でもなんで『バビロン』に？

「私、こう見えても魔工学《まこうがく》を専攻《せんこう》しているの。『バビロン』はそのための設備が揃《そろ》っていますでしょう？　その設備を使わせてもらえるとすごく助かりますので」

「えっ!?」

驚いた。てっきりリーンと同じく魔法畑の人物かと思いきや、魔工学方面《そっち》だとは。

魔道具《アーティファクト》やゴレムなどを製作する立場の人間からすれば、『バビロン』は確かに夢の環境《かんきょう》だろう。ひょっとしてまっすぐブリュンヒルドに来たのもそれがあったからか？

「私の持つ【ミラージュ】以外の無属性魔法は、【モデリング】、【エンチャント】、【プログラム】。これほど魔工学に適した適性はないと思わない？」

なにその構成。ほとんど僕が魔道具を作るときに使う魔法ばかりじゃんか。確かにそんな魔法を使えるならいろいろと作ってみたくなる気持ちもわかる。

「ああ、そうだわ。私の作品をお見せしないとね」

クーンが姫袖から一枚のカードを取り出す。それって『ストレージカード』？

「【起動《アウェイクン》】」

クーンがそのカードを一振《ひとふ》りすると、中から大きな何かが、ガシャッ、と落ちてきた。

「な……ッ！」

クーンの言葉とともに、ムクリと立ち上がったその大きさは五十センチくらい。金属製のそのボディは丸みを帯びて輝《かがや》いていた。ゴレム……なのか？　しかし、僕が驚いたのはそこではない。

丸い顔、丸い耳、小さな手足につぶらな瞳、そして首のリボン。

僕《ぼく》は思わずリーンの足下《あしもと》にいるクマのぬいぐるみを振《ふ》り返ってしまった。本人も、ヒエエエ！　といかにも驚いてます、というポーズで固まっている。

そう。そのゴレムはポーラそっくりの姿をしていたのだ。

「め、メカポーラ……」

「『パーラ』よ。ほら、ご挨拶」

パーラと呼ばれたポーラそっくりのゴレムは、オイッス！　とでもいうように片手を高々と上げた。小さな稼働音《かどうおん》はあるが、生きているような滑《なめ》らかな動きだ。

「ゴレムだよな、これ？」

「ええ。ベースは壊《こわ》れた古代機体《レガシィ》のGキューブとQクリスタルを使っているの。だからゴレムスキルも何もないけど、ちょっとしたお手伝いくらいはできるのよ」

ポーラとパーラは鏡合わせのように向かい立ち、ポーラが左手を上げればパーラは右手を上げ、ジャンプすれば同じようにジャンプをし、しまいには並んでムーンウォークを始めた。おい、それどこで覚えた。

「どう？　どう？　お母様？」

「すごいわね。私がポーラをここまでにするのに二百年はかかってるのに。ゴレムとはいえ、見事な動きだと思うわ」

「……ふふっ」

リーンに褒《ほ》められると、クーンが年相応な笑顔《えがお》で微笑《ほほえ》んだ。なんだ、そういう笑いもできるんじゃないか。

リーンも、ふっ、と微笑み、クーンの頭を撫《な》でる。やっぱり姉妹にしか見えないが、その姿はとても微笑ましい。

その足下でなぜか激しいダンスバトルを始めた二体がその雰囲気《ふんいき》をぶち壊してはいるが。

「ゴレムのことはエルカ技師に習ったのか？」

「ええ。バビロン博士からもいろいろと。向こうでは助手のようなこともしていたの。まだまだ半人前だけど」

いや、充分《じゅうぶん》にすごいと思うけどなあ。僕も同じ魔法《まほう》を使えるけど、こんなゴレムまでは作れない。

「ね、ね？　だからいいでしょう、お父様。『バビロン』に連れてって？」

「うーん……」

クーンが僕の腕《うで》を取り、おねだりしてくる。くそう、可愛い。

正直に言うと、あの技術者コンビのところにこの子を放《ほう》り込んでいいものか悩む。教育に悪いことこの上ないだろ。

でも未来の世界でもうすでに師事しているというのなら、もう手遅《ておく》れだよなあ……。何やってんだよ、未来の僕。

「まあ、いいか。わかった。連れて行くよ」

「ありがとう、お父様！」

クーンが笑顔で抱《だ》きついてくる。ヤバイ、ムスメカワイイ。

くそう、エンデの気持ちが思いっきりわかってしまった。あかん、これはあかん。抵抗《ていこう》できませんわ。無条件降伏《こうふく》ですわ。

頬《ほお》が緩《ゆる》んでいるのが自分でもわかる。視線をクーンから上げると、リーンのムッとしている姿が飛び込んできた。やば。

「……ちょっとダーリン。デレデレしすぎよ」

「あら、お母様、ヤキモチ？」

「……馬鹿《ばか》言ってないで、離《はな》れなさいな。『バビロン』に行かせるの禁止にするわよ？」

「はーい」

小さく舌を出してクーンが僕から離れる。なんとなくこの母娘《おやこ》の関係性がわかった気がした。

不思議だなあ。まだちゃんと知り合ってもいないのに、昔からこうだったという気がする。

「なんか温かな家庭シーンが繰《く》り広《ひろ》げられてますわ……」

「むう……。妙《みよう》な疎《そ》外感《がいかん》があるのう……」

おっと、ルーとスゥの視線が痛い。いかんいかん、自重せねば。

◇　◇　◇

「なるほど。君が冬夜君とリーン君の娘かい。そしてボクとエルカ君の弟子《でし》だと」

「正式に弟子というわけではありませんが、教えを受けてはいましたわ。騎士《ナイト》ゴレムの整備も手伝っていましたの」

「騎士《ナイト》ゴレム?」

リーンが聞いたことのない言葉に反応する。知らないゴレムだな。軍機兵《ソルダート》とか、騎士タイプの警備兵ゴレムなら知っているが。

「未来のブリュンヒルドに配備されているゴレムですわ。騎士団の下部組織に所属していまして、ユミナお母様のアルブスが率いていますのよ」

アルブスが? ユミナが仮のマスターとなっている、白の『王冠《おうかん》』、【イルミナティ・アルブス】。どうやらその騎士《ナイト》ゴレムとやらを率いる隊長がアルブスらしい。

「ふうん。ゴレムによる町の警邏《けいら》部隊ね。確かにそれはこっちでも考えてはいたけど。レジーナちゃんと新しいゴレムを作れないかって話してたし」

「未来で実用されているということは、いろんな問題がやがて解決されるということか。なら、進めない手はないかな。こないだのアレ、使えるんじゃないかな?」

「うーん……。まずはGキューブのレプリカを素材から……」

バビロンの『研究所』にあるラボの一室で、僕らを置きざりに話し合いを始める二人。なんだろう、ニヤニヤと話し合うあの二人を見ていると不安しかないんだが。お前ら悪だくみしているようにしか見えんぞ。

「過去でも通常運転ですわね」

「未来でも変わってないのか……」

まあ、変わるわけがないと思ってはいたけど。

未来でもなんらかのトラブルを巻き起こしてるのかねえ……。

「マスター、マスター、マスター！　その可愛い娘さんをギューッと抱きしめてもいいでスかッ⁉」

「却下《きゃっか》だ、バカタレ」

「燃やされたいの？」

僕とリーンが同時に答える。

僕らの横ではハァハァと鼻息の荒《あら》い『研究所』の管理人・アトランティカが、今にもクーンに飛びかからんと手をわきわきとさせていた。やめろ、このロリコンめ。クーンが怖《こわ》がるだろ。

ところがクーンは一瞥《いちべつ》して溜《た》め息《いき》をついただけで、それほど動じてはいなかった。

「こっちもお変わりないようで」

「そうなのか……」

未来でクーンはバビロンに出入りしていたみたいだから、ある程度の耐性《たいせい》はあるのかな。

親としてはあまり慣れても欲《ほ》しくないところだけど……。

悩《なや》ましい未来に、うーん、と眉《まゆ》をひそめていると、コートの袖《そで》をクーンが引っ張ってきた。

「それよりも、お父様。私、『格納庫』へ行きたいのですけれどっ！　フレームギアが置いてあるんですよねっ⁉」

「え？　ああ、うん。あるけど」

以前のイタズラめいた瞳とはまるで別人のように、クーンがキラキラと瞳を輝かせていた。なにこれ、またしても可愛いんですけど。

というか、フレームギアにも興味があるのか。確かにちょうどみんなの機体も整備中で、『格納庫』に収容されている。ロゼッタとモニカが整備しているはずだ。

早く早くと急《せ》かすクーンに引っ張られて、僕とリーンは『格納庫』へと足を運んだ。テンション高いなあ。

僕らは『研究所』から『工房《こうぼう》』を横切り、『格納庫』へと向かう。その間、クーンは終始ご機嫌だった。こんなところはやっぱり子供らしいと感じてしまう。

「わあ……！」

『格納庫』に足を踏《ふ》み入《い》れたクーンが目をキラキラさせて、立ち並ぶフレームギアを眺めていた。そんなにか。

キョロキョロと視線をさまよわせ、ひとつひとつのフレームギアを確認《かくにん》していく。僕のレギンレイヴも含め、みんなの専用機《ヴァルキュリア》も全部ハンガーに並んでいた。もちろんリーンのグリムゲルデもある。

「およ？　マスターとリーン殿《どの》。お？　その子が未来からのお子様でありますか？」

「おおー、リーンにそっくりだナ。面白《おもしれ》え」

フレームギアに横付けされた昇降台《しょうこうだい》クレーンが、ロゼッタとモニカを乗せて降りてきた。バビロンナンバーズの姉妹にはお互《たが》いの情報を共有する機能がある。『研究所』のティカからクーンのことを知ったのだろう。

「会うのは初めてではないのですけれど、初めまして。クーンと申します」

ロゼッタとモニカに挨拶をするクーン。うん、ちゃんと挨拶できる子はいい子だ、と思わず親目線で思ってしまった。隣《となり》にいるリーンも小さく頷《うなず》いていたから、同じ気持ちだったのかもしれない。

「これだけのフレームギアを見ることができて幸せですわ。ちょっと興奮しています」

「未来にだってフレームギアはあんだろ？　見せてもらえなかったのか？」

クーンの発言にモニカが首を傾げる。バビロンの『研究所』に出入りしていたなら、『格納庫』にも来ているはずだが。

「私がいた時代までにいくつかの機体は改装されていますから。まさか初期タイプの専用機《ヴァルキユリア》をこの目で見られる日が来るとは。感動しますわ」

「なるほど。よくわかるでありまス」

わかっちゃうのかよ。お父さんよくわからないよ。新しい方がいいんじゃないの？

「わかってないわね、お父様。好きなものならその全てを知りたいと思うものでしょう？お母様も『図書館』を発見した時には、かなり興奮してはしゃいでいたって未来《むこう》のお父様に聞いたわよ？」

「あ・な・た・は、娘になにを話しているのかしら？」

「ちがっ⁉　それ、僕じゃな……！　いててて！」

怖い笑《え》みを浮《う》かべたリーンに耳を引っ張られる。いや、僕なのは僕なんだけど、さすがにこれは理不尽《りふじん》だ！

「あらあら、仲のおよろしいこと。お熱い二人は放っておいて、ロゼッタさん、モニカさん、見学しても構いませんか？」

「おう、構わねえゼ。こっちに乗りナ」

クーンがワクワクした足取りでパーラを伴《ともな》ってクレーンに乗り込む。あの、リーンさん？　耳が痛いんでそろそろ放してもらえますか？

「まったく……。親をからかうなんてどんな教育をしたのかしら」

僕の耳を放したリーンが眉をひそめながらぶつぶつとつぶやく。おー、痛《い》て。

というか、その教育をしたのは僕らだろうけどな。ほかの人からもいろいろと影響《えいきょう》を受けていそうだけど。

なんというか、やっぱりリーンと似ていると思う。興味があることに妥協《だきょう》しない研究肌《はだ》な姿勢とか、気まぐれで人をからかうような性格とか。

僕に似てる部分ってないのかね？

「好き勝手なところは似てるんじゃない？」

「君に言われるとは思わなんだ」

人のこと言えんでしょ。てことは、この夫婦《ふうふ》から生まれたあの子は最強に好き勝手ってことかい？

僕はクレーン上でロゼッタたちと、フレームギアのことを楽しげに話しているクーンを見上げた。ホント楽しそうだなぁ。

「まあ、もともと妖精族《ようせいぞく》は探求心が強いところがあるから、学者とか研究者とかは向いてるんだけど……そういえばあの子も金・銀ランクの冒険者なのよね。ひょっとして魔道具に使う素材集めのために冒険者登録したのかしら」

そういえば。すっかり忘れてた。

てことは、クーンもかなりの強さを持っているわけか。その力が魔法なのか、魔道具によるものなのかはわからないが。あの子の無属性魔法は戦闘《せんとう》向きじゃないしな。

しばらく僕らは無言になり、クレーンの上ではしゃぐ娘をただ見上げていた。

「まだ妊娠《にんしん》も出産もしてないのに、娘と会うことになるとはね。六百年以上生きてても人生わからないものだわ」

……ああ、そうか。リーンと桜の子供は妖精族と魔王族《まおうぞく》。他の姉妹弟《きょうだい》よりも寿命が長い。

結婚《けっこん》も急ぐことはないなら、長くブリュンヒルドにいて、この国を支えてくれるかもしれないな。いや、いきおくれを願っているわけじゃないよ？

僕はあと百年もしたら『バビロン』に隠居《いんきょ》するつもりだし、そのあとは神界へ出向が決まっている。もちろん奥《おく》さんたちは連れて行くつもりだけど、子供たちは地上へ残す。

子供たちを僕の眷属にするつもりはない。それぞれ愛する人を見つけて、家庭を築き、幸せな人生を送って欲しいと思う。

亡《な》くなってからでも僕が天界に降りれば会えるしな。見た目は僕の方が若い感じになるかもしれないが。

「……どうしたの？」

「いや。リーンにはずっとそばにいて欲しいなって思ってさ」

「なにを今さら。あなたが神様になろうと何になろうとずっとついて行くわ。絶対に離れないわよ？」

「ありがとう」

僕は頼《たの》もしく笑うリーンを抱き寄《よ》せて、その唇《くちびる》に軽くキスをした。その瞬間《しゅんかん》、パシャッ！　というシャッター音とともに、上方からのフラッシュが光る。

「あらあら、なかなかお母様も大胆《だいたん》な。夫婦円満でけっこうですこと。娘としては安心ですわ」

「……母親としてはいささか不安があるわね。ダーリン、絶対にあの子の教育方法間違《まちが》えてるわ」

いや、正しく教育したからこうなった気もするんだけどなあ。誰かさんとそっくりですけど。

もちろんそんなことはおくびにも出さず、僕はただ愛想《あいそ》笑《わら》いを浮かべるにとどめておいた。

はぁ。これから先が思いやられる。

あとがき。

『異世界はスマートフォンとともに。』第二十二巻をお届けしました。お楽しみいただけましたでしょうか。

お見合いパーティーに謎の来訪者たちと、新たな物語の始まりの巻となりました。

これからさらにワイワイと賑やかになっていきますが、よろしくお願い致します。

私生活でも引っ越しを終え、こちらも新たな生活が始まりつつあります。ですがまだ整理整頓が終わってません。いつになったらこのダンボールの山が片付くんだろう……。

それでは謝辞を。

兎塚エイジ様。またさらに主要キャラが増えそうです。よろしくお願い致します。

担当K様、ホビージャパン編集部の皆様、本書の出版に関わった皆様方にも謝辞を。

そしていつも「小説家になろう」と本書を読んで下さる全ての読者の方に感謝の念を。

冬原パトラ

未来から来た娘、クーンに戸惑う暇もなく、
ブリュンヒルドに子供たちが次々とやってくる。
フォンとともに。23
2021年2月発売予定！

続々と現れる未来の子供たちに冬夜達が混乱する中、
世界の片隅で新たな騒動の種が芽吹き始め——。
異世界はスマート
冬原パトラ
illustration■兎塚エイジ

HJ NOVELS
HJN07-22

異世界はスマートフォンとともに。22

2020年10月22日　初版発行

著者――冬原パトラ

発行者―松下大介
発行所―株式会社ホビージャパン
〒151-0053
東京都渋谷区代々木2-15-8
電話　03(5304)7604（編集）
03(5304)9112（営業）

印刷所――大日本印刷株式会社

装丁――木村デザイン・ラボ／株式会社エストール

ISBN978-4-7986-2325-2　C0076

ファンレター、作品のご感想お待ちしております

〒151－0053　東京都渋谷区代々木2－15－8
(株)ホビージャパン HJノベルス編集部 気付
冬原パトラ 先生／兎塚エイジ 先生／小笠原智史 先生